[美] 桑顿·W. 伯吉斯 / 著
崔金英 / 译

·西风妈妈和小动物们的故事·

快乐的小微风

人民东方出版传媒
東方出版社

图书在版编目（CIP）数据

快乐的小微风 / （美）伯吉斯著；崔金英译. — 北京：东方出版社，2015

（西风妈妈和小动物们的故事）

ISBN 978-7-5060-8206-8

Ⅰ. ①快… Ⅱ. ①伯… ②崔… Ⅲ. ①儿童文学—长篇小说—美国—现代 Ⅳ. ①I712.84

中国版本图书馆CIP数据核字(2015)第110814号

快乐的小微风

（KUAILE DE XIAOWEIFENG）

［美］桑顿·W. 伯吉斯 著　崔金英 译

策划编辑：李　斌
责任编辑：梁　欣
出　　版：東方出版社
发　　行：人民东方出版传媒有限公司
地　　址：北京市东城区朝阳门内大街192号
邮政编码：100010
印　　刷：日照教科印刷有限公司
版　　次：2015年9月第1版
印　　次：2019年5月第2次印刷
开　　本：880毫米×1230毫米 1/32
印　　张：5
字　　数：77千字
书　　号：ISBN 978-7-5060-8206-8
定　　价：19.80元

致小读者

亲爱的小朋友们：

当你们翻开这套精美的童话书——《西风妈妈和小动物们的故事》，就会被一个个有趣的故事、可爱的小动物深深吸引，喜欢上格林森林里或格林牧场上的这些小精灵们，并和他们交上朋友。

你们会认识兔子彼得，他可是个活泼可爱、热心善良、无忧无虑的乐天派，每天都和居住在格林森林里或格林牧场上的小伙伴们快乐地生活着；他又是个爱观察、爱思考、好奇心很强的小家伙，一发现有趣的事情就跑到微笑池塘或哈哈溪，找青蛙老爷爷讲很久很久以前的故事，有时还会缠着其他小伙伴调皮又任性地玩耍……总之，和兔子彼得做朋友，与青蛙老爷爷、水貂比利、小水獭乔、麝鼠杰里、土拨鼠约翰尼、浣熊博比、松鸦塞米等小动物为伴，你们的生活也会变得多姿多彩，每天都有神奇的故事发生……

瞧，西风妈妈的孩子们——那些快乐的小微风又忙碌又开心，青蛙老爷爷的大嘴巴总是张得那么大，兔子彼得一不留神就被捉弄了，好一个爱吃甲壳虫的臭鼬吉米。咦？松鸡太太的蛋哪儿去了？猫头鹰老先生的眼睛怎么就固定不动了？鼬鼠沙道是不是比狐狸雷迪还让人讨厌？原来凶猛的山猫塔夫蒂也和兔子彼得一样有个那么短的尾巴……

德国著名作家席勒说过：“更深刻的意义蕴藏于我童年时听来的童话故事，而不是生活教我的真理。”美国“睡前动物童话大师”伯吉斯在热爱小动物、保护大自然的宗旨下，创作了一系列“西风妈妈和小动物们”的故事，每个故事都以一个小动物为主人公，通过描写他与其他小动物在日常生活中发生的一些有趣的、惊险的、神秘的事，告诉小朋友们正义总能战胜邪恶，美好定会战胜丑恶。

这套《西风妈妈和小动物们的故事》丛书在我国可是首次翻译出版，献给成长中的小朋友们，希望你们喜欢，并在愉快阅读时，能够展开丰富的想象力，慢慢领悟趣味故事中的道理和意义，学会思考和解决问题。同时，也希望你们和小动物们做朋友，向小动物们学习他们勇敢、善良和智慧的品质。让大家从童年起，就能够爱护自然，保护环境，为这些可爱、纯真却又时刻面临各种威胁的小动物们营造一个美好的家园而努力！

热爱你们的大朋友

2015年7月

目录

第一章　田鼠丹尼明白了为什么自己的尾巴是短的 / 1

第二章　狐狸雷迪为什么没有朋友 / 15

第三章　兔子彼得的耳朵为什么那么长 / 27

第四章　一意孤行的狐狸雷迪 / 36

第五章　花栗鼠的颊囊 / 44

第六章　自吹自擂的狐狸雷迪 / 56

第七章　土拨鼠约翰尼的秘密 / 66

第八章　土拨鼠约翰尼的伟大决斗 / 77

第九章　蟾蜍老先生的旧外套 / 88

第十章　青蛙老爷爷的还击 / 98

第十一章　沮丧的灌木丛 / 105

第十二章　浣熊博比为什么要清洗他的食物 / 111

第十三章　快乐的小微风们忙碌的一天 / 120
第十四章　猫头鹰胡提为什么不在格林牧场上玩耍 / 132
第十五章　田鼠丹尼学会了笑 / 143

第一章　田鼠丹尼明白了为什么自己的尾巴是短的

田鼠丹尼坐在自己家门口，看着横跨格林牧场的寂寞小路。在离微笑池塘不远的地方，他能看到西风妈妈的孩子们——快乐的小微风们在玩耍。松鸦塞米坐在篱笆上。他假装在专心晒日光浴，其实他是在计划恶作剧。你只要看见松鸦塞米，他不是在制造恶作剧就是在计划恶作剧。

一小时之前，狐狸雷迪很匆忙地从田鼠丹尼面前经过。田鼠丹尼正好能看到臭鼬吉米在山上拉他能找到的树桩和石头，不管是谁家的他都拉，他为自己找的借口是他太饿了，正在找甲壳虫。

欢乐的圆圆的红太阳公公在白云间玩捉迷藏。所有的鸟儿都在唱歌，整个世界都很开心，除了田鼠丹尼。

是的，田鼠丹尼不开心。确实，他很不开心，因为他的尾巴短。

蟾蜍老先生慢慢过来了。天气很暖和，蟾蜍老先生觉得非常热，而且他非常非常渴。他停下来，在田鼠丹尼家旁边休息。

“早上好，田鼠丹尼，”蟾蜍老先生说，“今早天儿真不错。”

“早上好。”田鼠丹尼带着怨气说。

“希望你今天身体健康。”蟾蜍老先生继续说，就好像没注意到田鼠丹尼的坏脾气。

蟾蜍老先生看起来很丑陋，但丑陋的只是他的外表。他拥有最阳光的内心，总是乐于助人。

“田鼠丹尼，”蟾蜍老先生说，“你让我想起了你的祖先，的确是这样。他失去了自己的一半尾巴，而且意识到自己再也不能把它找回来了，你俩的样子看起来像极了。”

田鼠丹尼突然站了起来。

“你在说什么，蟾蜍老先生？你在说什么？”他问道，

“我的祖先失去了他的一半尾巴，比我现在的尾巴还要短，是吗？蟾蜍老先生，他是怎么失去自己的一半尾巴的呢？”

蟾蜍老先生露出一个滑稽又无声的笑容。“说来话长，”蟾蜍老先生说，“我恐怕说不清楚。去微笑池塘问青蛙老爷爷吧，他是我关系很近的表兄弟，他会告诉你你的祖先是如何失去一半尾巴的。不过，去之前你捉三只肥胖的笨绿头苍蝇带给他当礼物吧。”

田鼠丹尼没等蟾蜍老先生说完，就迫不及待了。他匆忙得都忘记了礼节，但也没完全忘记，因为他叫道：“谢谢你，蟾蜍老先生，谢谢你！”说完，就跃过蟾蜍老先生的肩膀朝寂寞小路奔去了。

你知道的，尾巴短一直是田鼠丹尼的屈辱。在田鼠家族以及老鼠家族里，他所有的表兄弟都有着顺滑和尖细的长尾巴，田鼠丹尼总是很嫉妒。他觉得自己奇怪的短尾巴很丑陋。所以，当看到任何一个表兄弟在寂寞小路上跳舞，细细的长尾巴垂在后面的时候，田鼠丹尼都会溜出大家的视线，躲在长草下面，他觉得自己的短尾巴很丢脸，短尾巴看起来又小又难看！他常常问来他家的人是否见过长着长尾巴的田鼠，但没人看到过。

“或许，”当田鼠丹尼急着冲向寂寞小路的时候，他想，“或许聪明的青蛙老爷爷会知道为什么我的尾巴是短的。”

于是，他急忙在格林牧场上跑这儿跑那儿寻找肥胖的笨绿头苍蝇。捉了三只后，为了保险起见，他又多捉了一只。然后，他的小短腿开始尽全力向微笑池塘奔去。当他到达微笑池塘边的时候，都快喘不上气了。青蛙老爷爷正坐在睡莲大绿叶上，对着欢乐的圆圆的红太阳公公眨着鼓出来的大眼睛。

“哦，青蛙老爷爷，”田鼠丹尼很小声地说，你知道的，他跑得都上气不接下气了，“哦，青蛙老爷爷，我给您带来了四只肥胖的笨绿头苍蝇。”

青蛙老爷爷把一只手挡在耳朵后面仔细听。“我是否听到有人说肥胖的笨绿头苍蝇？”青蛙老爷爷问。

“是的，青蛙老爷爷，它们在这儿。”田鼠丹尼说，声音还是很小。然后他就把四只肥胖的笨绿头苍蝇给了青蛙老爷爷。

“你想让我为你做什么，田鼠丹尼？”青蛙老爷爷吧嗒着嘴问道，因为他知道田鼠丹尼一定是想知道什么事情，才会给他带四只肥胖的笨绿头苍蝇来的。

“求求您，”田鼠丹尼非常礼貌地说，“求求您，青蛙老爷爷，蟾蜍老先生说您会告诉我，我的祖先是怎么失去一半尾巴的，您能告诉我吗？青蛙老爷爷，能吗？”

“咳咳！”青蛙老爷爷说，“我的表兄弟蟾蜍老先生太多嘴了。”

但他稳稳地在睡莲大绿叶上舒服地坐着，这就是他对田鼠丹尼说的话：

“很久很久以前，田鼠先生，也就是你的祖先，是一位很好的绅士。他对自己的外表骄傲极了，田鼠先生就是这样，常听说，在格林牧场他每天要花费一个小时，整整一个小时的时间，梳理自己的胡须，刷净自己的外套。

“无论如何，田鼠先生很好看，他最吸引人的就是他那漂亮的长长的细尾巴，这也是他最引以为傲的地方。

“后来，格林牧场和格林森林里的大麻烦来了，因为有人偷窃，是的，偷窃。兔子先生最先抱怨。可以肯定的是，兔子先生很懒惰，他的圆白菜长得比草还小。他喜欢掺和别人的事情，却不专注于自己的事情，但也没理由会失去自己种植的一半的圆白菜啊！对于所发生的事情，他就是这么说的。

“没人真正相信兔子先生的话，因为他有坏名声——所说的话都和事实相差甚远，当他说实话的时候也没人相信。所以没有太多人注意兔子先生的话，直到有一天快乐的松鼠先生回到自己位于大栗子树洞中舒适的家里——那是他储藏坚果的地方，才发现坚果已经被偷走了一半。然后，花栗鼠先生丢失了他储存起来用于过冬的大部分玉米。水貂先生的一条肥胖的鲑鱼也被偷了。这是个糟糕的时期，因为每个人都在怀疑别人，格林牧场上的人都闷闷不乐的。

“一天晚上，田鼠先生慢悠悠地走在去山上的弯弯小路上。天很黑，确实很黑。就当他经过花栗鼠先生的仓库——花栗鼠先生储存用于过冬的玉米和橡子的地方时，田鼠先生遇到了他的表兄弟——码头鼠先生。码头鼠先生又大又壮，田鼠先生有一段时间很崇拜他。

“‘晚上好，田鼠表兄弟，’码头鼠先生从肩膀上甩下一个袋子说，‘你能帮我个忙吗？’

“田鼠先生非常受宠若惊，因为他是一个乐于助人的家伙，所以他很快回答说他能。

“‘好的，’码头鼠先生说，‘我想让你沿着弯弯小路把这个袋子弄到空心栗子树脚下。我有事要返回山顶。’

“于是，田鼠先生就拿起这个非常重的袋子，把它甩到自己的肩膀上。接着，他就沿着弯弯小路走了。半路上他遇见了花栗鼠先生。

“‘晚上好，田鼠先生，’花栗鼠先生说，‘你扛在肩膀上的袋子里装的是什么啊？’

“这时，田鼠先生当然不知道袋子里是什么，也不想承认是替别人干活，因为他非常要面子，田鼠先生就是这样。

“于是他说：‘只是一些从臭鼬先生那里要来的土豆，一袋子土豆，花栗鼠先生。’

“没人曾怀疑田鼠先生会偷窃，确实没有。花栗鼠先生准备继续走路，并没有多想，没想到田鼠先生背的那个袋子上有个小洞，有什么东西从袋子里掉到了花栗鼠先生的脚下。花栗鼠先生不经意捡起来一看，才发现那不是土豆，而是饱满的橡子。花栗鼠先生什么也没说，把橡子藏到了口袋里。

“‘晚安。’田鼠先生说。他一直扛着袋子。

“‘晚安。’花栗鼠先生说。

“田鼠先生一消失在弯弯小路的黑暗中，花栗鼠先生就赶紧跑回自己的仓库，发现有人已经到过那里，并偷走了他所有的橡子。

“花栗鼠先生跑到他表兄弟——快乐的松鼠先生家里，告诉他自己储存在仓库里的橡子被人偷走了和遇见了肩膀上扛着袋子的田鼠先生，田鼠先生说他背着的是从臭鼬先生那儿要来的土豆。‘而且，’花栗鼠先生掏出饱满的橡子说，‘这是从他的袋子里掉出来的。’

“然后，花栗鼠先生和快乐的松鼠先生就急忙跑到臭鼬先生的房子里，正如他们所想的，田鼠先生没有从臭鼬先生这里要土豆。

“于是，花栗鼠先生、快乐的松鼠先生和臭鼬先生一起跑到兔子先生的家里，把所有有关田鼠先生和装土豆的袋子里掉出橡子的事情告诉了兔子先生。兔子先生的心情看起来很沉重，确实很沉重。然后花栗鼠先生、快乐的松鼠先生、臭鼬先生还有兔子先生就告诉了浣熊先生——他是老棕熊的表兄弟。

“他们在路上遇到了猫头鹰先生，因为他飞得又轻又快，他们就让他去告诉牧场上所有醒着的人，让他们去空心栗子树脚下。于是，猫头鹰先生就飞去召集牧场上所有醒着的人去空心栗子树脚下。

“当他们到达空心栗子树脚下的时候，看到田鼠先生正在袋子后面熟睡，那正是他替码头鼠先生扛的袋子，码头鼠先生却已经很精明地溜走了。

“花栗鼠先生轻轻走过去打开袋子，只见袋子里都是饱满的橡子。他们就唤醒田鼠先生，把他押到大自然母亲那里，并指责他是小偷。

“大自然母亲听了他们的话。她看到了满袋子的饱

满橡子，听了田鼠先生撒谎说他扛的是一袋子土豆。然后她就问他是否偷了橡子。是的，她问他是否偷了橡子。

“田鼠先生当然说他没偷橡子。

“‘那你的一袋子橡子是从哪儿来的呢？’大自然母亲问道。

“当大自然母亲发问的时候，坐在牧场人群中的码头鼠先生站起来，踮着脚尖悄悄溜走了，他觉得没人看到他。但大自然母亲看到了。你不能愚弄大自然母亲，是的，各位，不能愚弄大自然母亲，连试都不要试。

“田鼠先生不知道该怎么回答。他现在知道码头鼠先生一定是小偷，但码头鼠先生是他的表兄弟，他一直很崇拜码头鼠先生，觉得他是一个非常好的绅士。他不能告诉全世界码头鼠先生是小偷，所以田鼠先生什么也没说。

“大自然母亲问了田鼠先生三次那袋橡子是从哪儿来的，每次田鼠先生都不说话。

“‘田鼠先生，’大自然母亲说，她的声音变得非常严厉，‘我知道你没偷花栗鼠先生的橡子，你甚至不知道那里面是偷来的橡子。其他人都认为你就是给格林森林和格林牧场制造麻烦的小偷，但我知道真正的小偷是谁，他现在正尽全力沿着寂寞小路逃跑呢。’

“牧场上和森林中的所有人都朝寂寞小路看去，但天太黑了，没人能看清，除了猫头鹰先生，他的眼睛是为黑暗而生的。

“‘我看到他了，’猫头鹰先生叫道，‘是码头鼠先生！’

“‘是的，’大自然母亲说，‘是码头鼠先生，他就是小偷。对他的惩罚就是：从今以后无论他去到哪里，都会被驱赶。他永远不能再居住在格林牧场和格林森林。每个人都会弃他而去。他靠吃别人丢弃的东西活命。他会居住在肮脏的地方，人人都对他恶语相向。他会变成一个流浪儿，不再是绅士。’

“‘你，田鼠先生，为了让你记住不能与卑劣的伙伴为伍，尽管对朋友忠诚、不揭人隐私是好事，但维护那些做错事情的人就是让他们继续犯错，这是一件非常错误的事情。你不会再拥有你引以为傲的奇妙的长尾巴，

它会变得又短又粗。’

“就在大自然母亲说话的时候，田鼠先生感觉到他的尾巴变得越来越短，当她说完的时候，他只剩下一小截尾巴了。

“他当然感觉很不好。当花栗鼠先生跑过去向他表达歉意的时候，当牧场上其他人也跑过去向他表达歉意的时候，他一点儿也没觉得安慰。所以他赶紧溜走了，因为觉得很丢脸，所以他沿着高草的底部匍匐爬行，这样就没人看到他的短尾巴了。”

青蛙老爷爷总结道：“从那以后，田鼠都有短短的尾巴，总是沿着草爬行，没人能看到他们。码头鼠也不再生活在格林牧场或格林森林中，而是居住在人类周围肮脏的满是垃圾的地方，人人喊打。”

“谢谢您，青蛙老爷爷。”田鼠丹尼非常冷静地说，“现在我明白为什么我的尾巴是短的了，而且我不会忘记的。”

“那根本不是你的错，田鼠丹尼。”快乐的小微风们叫道，他们都听到了这个故事，“就算你没有长尾巴，我们还是喜欢你。”

然后，他们就一起沿着寂寞小路回田鼠丹尼的家，一路上他们都在玩捉迷藏，直到田鼠丹尼完全忘记了他希望有个长尾巴的想法。

第二章　狐狸雷迪为什么没有朋友

格林牧场上很安静、很和平。月亮婆婆高高悬挂在头顶，俯瞰着格林牧场，始终微笑着。她用自己银色的月光照耀着格林牧场。西风妈妈的快乐的小微风们在紫苑和麒麟草间玩了一整天。他们穿过灌木丛，围着微笑池塘捉迷藏。为了制造恶作剧，他们顽皮地逆向摸田鼠宝宝的毛发，正当青蛙老爷爷准备闭上嘴巴享用大餐时，他们把一只肥胖的笨绿头苍蝇从他嘴里吹了出来。现在他们安全地藏在紫山后的床上，他们错过了孤独松树脚下的午夜盛宴。

但狐狸雷迪在那里。你完全可以相信，有恶作剧或欢娱好事发生时，狐狸雷迪一准儿在场，尤其是太阳公公把他的睡帽拉上之后。

臭鼬吉米在那里。如果有狐狸雷迪没想到的恶作剧，那么臭鼬吉米一定会想到。

水貂比利在那里。水貂比利确实在那儿。水貂比利是恶作剧的另一个制造者。当狐狸雷迪和臭鼬吉米正制造恶作剧或者陷入任何形式的麻烦中的时候，你一定会发现水貂比利就在附近。也就是说，如果你仔细看的话，你一定会发现他。但水貂比利太瘦了，移动速度很快，又很聪明，所以不像别人那样常被发现。

和水貂比利一起来的是他的表兄弟——鼬鼠沙道，他狡猾奸诈，没人喜欢他。

小水獭乔和麝鼠杰里来了。他们迟到了，因为小水獭乔的腿太短了，在陆地上行走极慢，麝鼠杰里在水里也比在陆地上感觉自在。

兔子彼得当然也在那里。如果没有他，格林牧场上的派对就不圆满了，比起白天，彼得更喜欢夜晚出来。彼得是和他的表兄弟野兔跳跳一起来的，野兔跳跳应邀从松林而来。

夜鹰布默和猫头鹰胡提的到来使派对更加圆满，尽管猫头鹰胡提没被邀请，他还是来了，但没人知道他在这里。

每个人都为宴会献上了自己最喜欢的东西。月亮婆婆向下俯瞰，发现有一大堆好东西。狐狸雷迪带来了一只肥胖的嫩鸡，那鸡是他从农夫布朗的后院偷来的。

水貂比利像一个瘦削的棕色的影子般迅速滑进鸭子池塘，唉！当欢乐的圆圆的红太阳公公回到紫山后的床上时，鸭妈妈数了数把头藏在翅膀里的漂亮小鸭子，才发现少了一只。

小水獭乔捕了鱼，带来了粗心的鲑鱼汤米的胖兄弟。

麝鼠杰里从河底的淤泥里挖来了一些新鲜的淡水蛤，他非常引以为傲。

臭鼬吉米从老灰鹅的巢穴里偷了三个大蛋。

兔子彼得和野兔跳跳滚来了一个又嫩又新鲜的大圆白菜。

夜鹰布默说他很抱歉，他以昆虫为食，他必须一次全部吞下，所以为了避免麻烦，他抓住昆虫就吞下了。

猫头鹰胡提是一个贪吃又懒惰的家伙。“狐狸雷迪、臭鼬吉米还有水貂比利肯定会带来一些我喜欢的东西，我为什么要花时间寻找一些别人会带给我的东西呢？”他自言自语道。所以猫头鹰胡提早早地来到孤独松树上，藏匿于浓密的树枝之间，没人能看到他。

鼬鼠沙道很狡猾，他是个小偷，靠小聪明生存。他抛弃诚信选择偷盗，也来到了午夜宴会，除了胃口，他什么东西都没带。

狐狸雷迪也是一个贪吃的家伙，而且非常非常狡猾。当他看到水貂比利带来的肥胖鸭子时，他的嘴巴都流口水了，因为狐狸雷迪非常非常喜欢鲜嫩的鸭子。因此，他就开始计划怎样才能得到水貂比利的鸭子。

当水貂比利看到小水獭乔带来的肥胖鲑鱼时，眼珠转个不停，心生嫉妒，因为水貂比利非常非常喜欢鱼。他立刻开始盘算怎样才能得到小水獭乔小心看护的肥胖鲑鱼。

臭鼬吉米对自己从老灰鹅那儿偷来的蛋非常满意，但一看到狐狸雷迪从农夫布朗的后院偷来的胖鸡时，他的肚子突然变得空空如也，他确实很想吃鸡，臭鼬吉米开始想办法把狐狸雷迪偷来的鸡和自己偷来的蛋凑起来。

因为狐狸雷迪体形最大，他非常幸运地坐在孤独松树下桌子前面的主要位置。他右边坐着小水獭乔，左边坐着麝鼠杰里。鼬鼠沙道挨着小水獭乔，在他的对面是臭鼬吉米。兔子彼得紧挨着臭鼬吉米，坐在他表兄弟野兔跳跳的对面。在最后面，和狐狸雷迪对着坐的是水貂比利，肥胖的鸭子就在狐狸雷迪尖尖的小鼻子下面。

夜鹰布默要求做些运动来帮助消化，因为他没带任何东西来宴会，所以大家都礼貌地应允了他的要求。

狐狸雷迪非常非常狡猾，他聪明的大脑正在忙碌着，忙着想出一个方案来把所有的好东西收入囊中。他开始说："格林牧场上的小兄弟们，我们今天来到这个夜宴是为了我们的兄弟之情。"

狐狸雷迪停顿了一下，饥饿地看着水貂比利的鸭子。水貂比利把渴望的目光投向小水獭乔的鲑鱼。臭鼬吉米也嫉妒地看着狐狸雷迪的鸡。

"但有一个人的缺席让我们的欢乐不再完整，"狐狸雷迪继续说，"谁看见浣熊博比了？"

没有人看见浣熊博比。乐天派的浣熊博比竟没受到邀请，他被忽略了。

“我提议，”狐狸雷迪继续说，“因为水貂比利跑得很快，他也知道浣熊博比通常会去哪儿，就指派他去找浣熊博比并把他带来参加宴会吧。”

没有什么比这更让水貂比利讨厌的了，但他没办法，只能屈服，尽量优雅地离开去寻找浣熊博比。

水貂比利一消失在寂寞小路上，狐狸雷迪就说起他那天曾经见过的大铁杉树下面的松鸡蛋。他建议，因为身穿条纹装的臭鼬吉米已经从松鸡太太那儿偷了一窝蛋了，所以他应该再去偷些蛋，并把它们带到宴会上来。

臭鼬吉米没办法，只能屈服，他优雅地去找大铁杉树下面的松鸡蛋。

臭鼬吉米一出发，狐狸雷迪就说起农夫布朗的儿子那天下午弄到了一条闪亮的大胭脂鱼，并扔到了微笑池塘后面的灌木丛间。小水獭乔听了，嘴巴都流口水了，再也坐不住了。“如果可以，”小水獭乔说，“我想跑到微笑池塘去把那条鱼找来给宴会加餐。”

小水獭乔一走出视线，狐狸雷迪又说起格林牧场一侧的胡萝卜地。兔子彼得和野兔跳跳非常喜欢鲜嫩的胡萝卜，他们自愿去找一些来给宴会加餐。于是，他们就沿着寂寞小路穿过格林牧场，大步地跳着离开了。

兔子彼得和野兔跳跳一离开，狐狸雷迪又开始说起不远处的小山上，有棵野苹果树上长着甘甜的苹果。麝鼠杰里像喜欢淡水蛤一样喜欢甘甜的苹果，所以他偷偷地离开了，去不远处的小山上寻找野苹果树。

麝鼠杰里一消失在夜幕中，狐狸雷迪就想转身和鼬鼠沙道说话。但鼬鼠沙道相信双鸟在林不如一鸟在手，所以其他人都在说话的时候，他已经在偷偷地吮吸臭鼬吉米从老灰鹅那儿偷来的三个蛋了。由于他又瘦又灵活又狡猾，所以趁没人注意就溜走了。

所以，当狐狸雷迪转过来想和鼬鼠沙道说话的时候，他发现就剩自己了。至少他觉得自己是一个人，他走到水貂比利的鸭子面前时，邪恶又自私地笑了笑。他在想自己真聪明，支走了其他的人，这样他就能自己独享盛宴了。

当狐狸雷迪俯身去拿水貂比利的鸭子时，一个巨大的黑影轻轻地落了下来，啊，非常轻，从孤独松树上落到肥鸡的上方。然后带着大肥鸡又无声无息地飘回孤独松树。

狐狸雷迪仍然邪恶自私地笑着，拿着水貂比利的鸭子小跑回来，当他发现自己的肥鸡消失的时候，惊讶得把鸭子都掉在了地上。狐狸雷迪非常多疑，自己不诚实的人往往都是这样的。所以他顾不上掉在地上的水貂比利的鸭子，快速地轻轻地来到寂寞小路去抓偷他肥鸡的贼。

他一转过身，就从孤独松树那儿飘来一个大黑影，一分钟之后，狐狸雷迪回来了，水貂比利的鸭子也消失了。

狐狸雷迪几乎不敢相信自己的眼睛。他现在笑不出来了。他太生气、太害怕了。是的，狐狸雷迪很害怕。他在原来放肥鸡和嫩鸭的地方转着大圈儿，越走就越多疑。他皱了皱自己的小黑鼻子，使劲嗅入侵者的味道，但他什么也没嗅到。一切都那么安静和平。小水獭乔的鲑鱼在月光下闪闪发光。大圆白菜还在兔子彼得和野兔跳跳放置的地方。狐狸雷迪擦了擦眼睛，确定自己不是在做梦，肥鸡和嫩鸭都不见了。

就在这时，农夫布朗家的猎犬鲍泽对着月亮号叫起来。听到猎犬鲍泽的叫声，狐狸雷迪一向很紧张，这次他非常不安，都快站不住了。当猎犬鲍泽对着月亮号叫的时候，狐狸雷迪跳起来一尺高，猛然转身面朝农夫布朗家的方向。然后他想起来，在夜晚，猎犬鲍泽是被拴起来的，他没什么好怕的啊！

在听了一会儿和观察了一会儿后，狐狸雷迪觉得一切都是安全的。“好了，”他自言自语道，“无论如何我还有肥胖的鲑鱼。”然后转身去拿鲑鱼。

但一分钟前在月光下闪闪发光的肥胖鲑鱼已消失不见了。狐狸雷迪不停地找啊找，眼睛都快从头上跳出来了。然后他的行为就和懦夫的行为一样——尽自己最快的速度跑回家。

当然，水貂比利没找到浣熊博比，当他从寂寞小路走回去的时候，又累又饿，还非常生气。臭鼬吉米也没找到松鸡太太的巢穴。小水獭乔也没在微笑池塘后面的灌木丛里找到闪闪发光的胭脂鱼。他们都非常累，非常饿，非常生气。

当他们三人返回孤独松树时，发现除了没人喜欢的大圆白菜、老灰鹅的空蛋壳和麝鼠杰里的蛤外，什么东西都没了。他们都指责对方偷吃了鸭子、肥胖的鲑鱼还有蛋，开始激烈地争吵。

很快，兔子彼得和野兔跳跳也回来了，他们也没找到鲜嫩的胡萝卜。麝鼠杰里也回来了，当然也没找到甜美的苹果。

“狐狸雷迪去哪儿了？”兔子彼得问。

是啊，狐狸雷迪去哪儿了？水貂比利、小水獭乔和臭鼬吉米停止争吵，彼此对视。

“狐狸雷迪是小偷！”所有人一起喊道。

兔子彼得、野兔跳跳、麝鼠杰里都认定狐狸雷迪一定是小偷，他把他们都支开去寻找不存在的东西，自己可能独享了盛宴。

由于没有别的事可做，水貂比利和小水獭乔又累又饿又生气，就动身回他们位于哈哈溪的家。臭鼬吉米也很累很饿很生气，从弯弯小路出发去找甲壳虫吃。

兔子彼得和野兔跳跳坐下来享用大白菜。紧挨着他们的是麝鼠杰里，坐着开始享用自己的蛤，尝起来味道好极了。月亮婆婆看着这一切笑了，因为她知道每个人都问心无愧，因为他们都没做伤害别人的事情。

在茂密大松树的高处，猫头鹰胡提懒洋洋地打着盹儿，因为他的肚子被鸡和鸭还有鲑鱼撑得太饱了，尽管他没被邀请参加宴会。

这就是狐狸雷迪在格林牧场没真正朋友的原因。

第三章　兔子彼得的耳朵为什么那么长

西风妈妈的快乐的小微风们累了。自从早上她把他们从风袋里放到格林牧场之后，他们一直轻快地追逐着蝴蝶。与此同时，西风妈妈在追寻走失了的雨云，雨云能浇灌干旱的小植物，这些小植物勇敢地捍卫着格林牧场可爱和纯真的绿色。欢乐的圆圆的红太阳公公大笑着，他笑得越开心就越温暖。太阳公公从来不口渴，一点儿都不会，或许他在帮西风妈妈追寻走失的雨云。

快乐的小微风们来到微笑池塘旁边，这里的灯芯草长得很高。他们轮流摇晃着满载红翼鸫太太四个孩子的摇篮。

很快，一个快乐的小微风透过灯芯草偷窥到，兔子彼得正笔直地坐在格林牧场的边缘，长耳朵直直地竖着，眼睛睁得大大的，似乎在好奇地看着什么和听着什么。

“我想知道兔子彼得为什么有一对那么长的耳朵。”那个快乐的小微风说。

“咳咳！”一个低沉浑厚的声音在他身后回答道。

所有的快乐的小微风都跳起来，穿过草丛来到微笑池塘的边缘。青蛙老爷爷坐在一个睡莲大绿叶上，双手交叠在自己的黄白色马甲前，绿色的外套闪闪发光。

“咳咳！”青蛙老爷爷说道。

“哦，青蛙老爷爷，”所有的快乐的小微风一起喊道，“请您一定要告诉我们兔子彼得为什么有那么长的耳朵。”

青蛙老爷爷清了清他的嗓子。他朝东边看了看，又清了清嗓子。接着他又朝西边看了看，又清了清嗓子。然后，他朝北边还有南边都看了看，都清了清嗓子，但他什么都没说。最后，他又把双手交叠在自己的黄白色马甲前，抬头看着欢乐的圆圆的红太阳公公。他用非常低沉的声音，好像自言自语地说道：“如果我有四只肥胖的笨绿头苍蝇，或许我还有可能记起来兔子彼得为什么有那么长的耳朵。”

然后，所有的快乐的小微风都跳起来跑开了。他们有的去东边，有的去西边，有的去北边，有的去南边，都在为青蛙老爷爷寻找肥胖的笨绿头苍蝇。

不一会儿，他们一个个地跳着回到微笑池塘的边缘，带着肥胖的笨绿头苍蝇，他们也不再摇晃红翼鸫太太的摇篮。

当青蛙老爷爷吞下快乐的小微风们带来的所有的肥胖的笨绿头苍蝇后，他再一次满意地坐在睡莲大绿叶上，开始说：

“很久很久以前，兔子先生，不是我们的兔子彼得，而是他的祖先，他的耳朵和别人的一样短，四条腿的长度也完全一样。

“那时兔子先生有很强的好奇心，非常强，的确。他总是喜欢掺和别人的事情，关于这一点，正如你们所知道的，这不是一个好习惯，其实，兔子先生已经成了个麻烦精。

“每当水貂先生和麝鼠先生停下来打发时间的时候，他们肯定能看到兔子先生就站在附近，听他们说话。如果土拨鼠约翰尼的妈妈跑去和臭鼬吉米的妈妈聊天的话，她们知道兔子先生一定会蹲在她们身后的草地上。

“兔子先生越老，就变得越顽劣。晚上，他会挨家挨户蹑手蹑脚地趴在别人家的窗户外听里边的人在说什么。听得越多，他的好奇心就越重。

“像大多数喜欢掺和别人事情的人一样，兔子先生没有时间顾及自己的事情，他的白菜地长满了杂草，他的房子开始漏雨，他的篱笆开始破碎，他所有的东西都成了格林牧场上最难看的风景。

“更糟糕的是，兔子先生是个惹是生非的家伙。他整天喋喋不休。就像所有爱八卦的人一样，他从来不说实话。”

“哎呀！哎呀！”青蛙老爷爷郑重地摇了摇头说道，“格林牧场上的事情一团糟啊！狐狸先生和浣熊先生见面就打架；臭鼬先生和土拨鼠先生互相不理睬对方；麝鼠先生、小水獭先生和水貂先生也互骂对方。所有这些都是因为兔子先生告诉了他们许多不真实的事情。

“当大自然母亲到访格林牧场的时候，她很快发现

格林牧场上人们的情况很糟，然后她开始调查这一切是怎么弄的。

“‘一切都是因为兔子先生。’狐狸先生说道。

“‘谁都不怨，都怪兔子先生。’花栗鼠先生说道。

“大自然母亲在不同的地方得到的却是同一个答案：兔子先生，兔子先生，还是兔子先生。

“于是，大自然母亲请来了狂暴强壮的北风先生，她还把兔子先生叫过来。

“当兔子先生收到大自然母亲的召唤时，他害怕得颤抖，他本来想逃跑或者躲藏起来，但他不敢这么做，因为他知道他没地方可躲，而且大自然母亲迟早会找到他。另外，他的好奇心也扰得他无法平静，他必须知道大自然母亲想干什么。

“于是，兔子先生穿上他最好的衣服，但那也很破，动身去寂寞小路，看看大自然母亲想干什么。当他到了那儿，他发现格林牧场上的所有人都来了，都站在他的面前。有狐狸先生、土拨鼠先生、花栗鼠先生、快乐的松鼠先生、黑蛇先生、乌鸦老先生、松鸦先生、水貂先生、小水獭先生、麝鼠先生、乌龟先生、老棕熊和他的表兄弟浣熊先生，还有其他人。

“看到所有的人都聚集在寂寞小路，生气地看着他时，兔子先生害怕极了，他的心开始咚咚、咚咚、咚咚地跳，他比以往任何时候都想逃跑，但他不敢这么做，是的，他不敢这么做。然后他就想知道自己明明可以逃跑却没敢逃跑，这意味着什么。

“大自然母亲让兔子先生坐在一段老原木上，使大家都能看到他。然后，她轮流询问到场的每个人，格林牧场的一切麻烦都是谁引起的，他们都轮流回答‘兔子先生’。

“‘兔子先生，’大自然母亲说道，‘你很懒惰，因为你的白菜地长满了杂草。你很无能，因为你的房子都漏水了。你是个鬼鬼祟祟的人，因为你出现在不该出现的地方，听一些和你无关的事情。你是个偷偷摸摸的人，因为你偷听别人的秘密。你是一个说谎的人，因为你说的事情和事实相差甚远。兔子先生，你是一个懒惰无能、鬼鬼祟祟、偷偷摸摸的说谎者。’

“‘这是非常可怕的——’大自然母亲停顿了一下，兔子先生觉得羞愧极了。他不用抬头就能感觉到格林牧场上的所有人都在愤怒地看着他。他抬起头，两行泪水落在脚下。你们知道的，兔子先生人不坏。只是好奇心太可怕了。

“大自然母亲知道这个，在内心里她是爱着兔子先生的，她为他感到难过。

“‘兔子先生，’大自然母亲接着说，‘因为你的好奇心太重了，你的耳朵会变得很长，当你在附近的时候，每个见到你的人就会知道他们的谈话不安全了。因为你是一个鬼鬼祟祟的人，老偷窥别人的隐私，所以你的后腿会变长，这样只要你站着，个头就会很高，所有人都能看到你。当你跑的时候，你也会跳得很高，这样每个人都会知道是谁在逃跑。因为你无能还有你的房子漏水，从此之后，你将住在地下的洞里。’

“然后，大自然母亲抓着兔子先生的两只耳朵，强壮的北风先生抓着兔子先生的后腿，他们一起用力拉。当他们把他放下的时候，他的耳朵和后腿变成了以前的好几倍长，他羞愧得想逃跑的时候，他发现自己只能跳跃着奔跑，你能想象到当时他是拼尽了全力才跳走的。”

青蛙老爷爷总结道：“从那以后，兔子们就有了长长的耳朵和后腿，这是因为他们祖先的好奇心，现在你们知道为什么兔子彼得的耳朵很长，为什么他总是坐着倾听了吧？”

“谢谢您，谢谢您，青蛙老爷爷。”快乐的小微风们喊道，然后跑去帮助西风妈妈驱赶她好不容易找到的游荡的雨云。

第四章　一意孤行的狐狸雷迪

狐狸雷迪正坐在孤独松树旁的山坡上。每过一会儿他都会伸出小黑鼻子，对着圆圆的黄月亮号叫。宽阔的怀特牧场在夏季一片碧绿，你知道的，横跨这片牧场，猎犬鲍泽正坐在农夫布朗家的庭院中，也对着月亮号叫。

“嗷，嗷，嗷……”狐狸雷迪用自己最大的音量叫道。

“汪，汪，汪……”猎犬鲍泽用最深沉的声音叫道。

这两个家伙互相听着对方的叫声，然后看着数以万计的小星星在灰白的天空中眨着眼睛。狐狸雷迪自己也不知道为什么要对着月亮叫。他控制不住。连续一周的每个晚上他都坐在孤独松树脚下不停地号叫，直到嗓子疼痛。每天晚上，大自然母亲都警告他说烦人的孩子没好下场，狐狸雷迪每晚也都保证自己不会再叫了。可是，当诱人的月光的第一缕银色光线爬上山，从光秃秃的树枝上投下奇异的黑影时，雷迪就忘了自己所有的承诺。在他红色小外套包裹着的身体中有种自己都无法解释的奇怪感觉。他只想号叫，所以他来到孤独松树旁，在那里不停地号叫，草地上所有没入睡的人都知道狐狸雷迪身居何处。

猎犬鲍泽觉得狐狸雷迪是在捉弄他。猎犬鲍泽比小男孩和小女孩们还不喜欢被捉弄，他下定决心，如果他能挣开铁链，或者农夫布朗忘记锁住他，他一定会给狐狸雷迪一个终生难忘的教训。

“嗷，嗷，嗷……”狐狸雷迪叫道，然后就认真地听猎犬鲍泽低沉的回应。但这次没有回应。雷迪听啊听啊，接着又试了一次。他听到了距离山很远的地方猫头鹰胡提的叫声。就在他附近，冰霜杰克正在冰冻树枝。在怀特牧场上，他看到了正在徘徊的臭鼬吉米。他又听到公鸡在农夫布朗的鸡舍里昏昏欲睡地打鸣，但想到猎犬鲍泽，虽然嘴巴流口水，他可不敢冒险去进一步了解这条大狗。所以他安静地坐在那里叫着，很快就忘记了别人，只记得月亮和他自己的声音。

猎犬鲍泽成功地滑下自己的项圈。“哈，”鲍泽想，“现在我就要去给狐狸雷迪一个教训了，让他再敢戏弄我！”他如影子般快速地溜出篱笆，跨过怀特牧场向孤独松树跑去。

正在狐狸雷迪叫第一百声时，他听到背后有细枝被折断的声音。这和冰霜杰克折断树枝的声音不一样，于是狐狸雷迪的一声号叫戛然而止，转过身去看发生了什么事情。他看到猎犬鲍泽几乎就要扑向他，鲍泽的眼睛闪着火花，红红的嘴巴大张着，背上的毛发因愤怒而竖起来。

狐狸雷迪没等说“晚上好”，或者再看看情况。哦，不！他向后翻了个筋斗，在被雪覆盖的坚硬的地面，以最快的速度离去。狐狸雷迪喜欢听猎犬鲍泽对着月亮号叫，但鲍泽紧跟着他号叫却是另一回事，雷迪之前从来没有跑得这么快。在怀特牧场上，狐狸雷迪加快了速度，因为鲍泽紧追他的猎物，大声咆哮，回声阵阵，非常可怕。

雷迪多么希望自己当初听狐狸妈妈的话！他位于老山核桃树脚下的家很安全、很舒适、很温暖，他多么希

望自己安全地待在那里！但现在去那里是绝对不行的，因为这会把自己的住所暴露给鲍泽。鲍泽会把农夫布朗带到那里，那将会是狐狸雷迪和狐狸妈妈，以及雷迪所有兄弟姐妹的末日。

所以雷迪迂回曲折地跑，一会儿跑向这儿，一会儿跑向那儿，跑得越久呼吸就越短促，后来变得气喘吁吁。他曾经引以为傲的浓密尾巴，此时感觉非常重。狐狸雷迪多么希望当初听狐狸妈妈的话。他继续迂回曲折地跑，重复着跑这儿跑那儿，猎犬鲍泽离他越来越近了。

在怀特牧场后面远处的小山上，狐狸妈妈正在寻觅晚餐。她听到了狐狸雷迪对着月亮的号叫声，也听到了猎犬鲍泽在农夫布朗农庄内的号叫声。然后，她也听到了狐狸雷迪的嗷嗷声中断，鲍泽开始追逐狐狸雷迪时的大嗓门咆哮。她知道雷迪能跑得很快，但她也知道猎犬鲍泽的鼻子很灵敏，而且他永不放弃。所以狐狸妈妈轻声急速地沿着弯弯小路下来，来到怀特牧场，在那里她能看到这一场追逐。当她离他们很近的时候，她叫了两声，告诉雷迪她会帮助他。

就在狐狸雷迪累得几乎绝望时，他听到了狐狸妈妈的叫声。他知道狐狸妈妈的智慧，她经常愚弄猎犬鲍泽，如果他能坚持一会儿，她就会帮助他。所以这会儿他跑得比之前更快了，跟鲍泽拉开了一大段距离。当他经过人们留在怀特牧场的一蓬玉米时，狐狸妈妈从后面出来了。“回家，狐狸雷迪，”她厉声说道，“回家，待在家里，等我回来。”然后她就故意坐在玉米地前面，等猎犬鲍泽进入视线。

因为猎犬鲍泽的眼睛和鼻子只是紧追着狐狸雷迪的踪迹，偶尔抬头看看狐狸雷迪去了哪里，所以他没看到狐狸雷迪蹿到了玉米丛后面，当他抬头看的时候，只看见狐狸妈妈坐在那儿等他。

因为猎犬鲍泽的脑袋很迟钝，所以当他看到狐狸妈妈坐在那儿时，他都没停下想想那不是自己要追捕的狐狸雷迪，否则的话他就可能知道追捕狐狸妈妈只是在浪费自己的时间。他只要在附近找找就可以弄清楚雷迪去哪儿了。但当猎犬鲍泽看到狐狸妈妈坐在那儿，还以为是狐狸雷迪，并且以为自己现在终于逮到他了。

猎犬鲍泽大吼着跳到狐狸妈妈的前方。狐狸妈妈一直等待着，眼看他快捉到她时，狐狸妈妈跳到一边，迅速跑开一点儿距离。猎犬鲍泽立刻就开始追她。她假装很累，但每次鲍泽冲向她的时候，她都能成功地躲过鲍泽的追捕。

渐渐地，狐狸妈妈领着猎犬鲍泽越过怀特牧场，跑回农夫布朗的农庄。很快狐狸妈妈就开始拼尽全力奔跑，速度确实很快。她将猎犬鲍泽甩在后面很远很远。当她来到石墙旁，她跳了上去，沿着墙跑，就像只松鼠一样。偶尔她也会来个长跳，然后小跑一小段儿。她知道石头不易残留气味，猎犬鲍泽很难闻出她在石墙上的气味。在牧场尽头沿路而下，那里有一棵老苹果树的枝杈朝石墙方向伸展着。当她来到树对面时，她跳到树上。她在枝杈上靠近树干的地方坐下并开始观察猎犬鲍泽。

猎犬鲍泽发出的声音很大，也跟着她来到石墙旁，然后，他就疑惑了。他闻闻这条路，闻闻那条路，可还是分辨不出狐狸妈妈是在哪儿消失的。他抬头看了看月亮婆婆，不停地叫着，但月亮婆婆一点儿也不能帮助他。

他跳过石墙，不停地看啊看、闻啊闻，但还是找不到狐狸妈妈的踪迹。然后，猎犬鲍泽沿着石墙朝这一头跑了一小段儿，又沿着石墙朝那一头跑了一小段儿，始终没发现狐狸妈妈的踪迹。他找得越久，就变得越生气。

狐狸妈妈坐在苹果树上看着他，窃喜不已。她看累了，就一个长跳，跳到草地上，小跑回家去惩罚狐狸雷迪的一意孤行。她到家后，发现狐狸雷迪非常羞愧，又累又懊悔。自从那次以后，狐狸雷迪再也不对着月亮号叫了。

第五章　花栗鼠的烦囊

这是花栗鼠忙碌的一天。每年的这个季节花栗鼠每天都很忙，因为甜美的橡子都熟了。每当西风妈妈摇晃山核桃树时，山核桃都会掉落满地。每个夜晚，冰霜杰克都会打开栗子的毛壳，只是为了第二天早晨看到松鼠们蹦蹦跳跳地采摘饱满的棕色坚果。

花栗鼠非常忙，确实非常忙！他快速地从格林牧场一边的老石墙那里进进出出。就这样来来回回，反反复复。花栗鼠有时蹦蹦跳跳地去老山核桃树那儿，有时去空心栗子树那儿，有时去格林森林旁的一棵大橡树那儿。

一大早西风妈妈就从紫山上下来了，发现花栗鼠在她到来之前就已经在努力干活了。过了一会儿，当欢乐的圆圆的红太阳公公爬上了天空，快乐的小微风们看到花栗鼠正沿着老石墙飞奔，就跑过去要和他玩耍，因为快乐的小微风们特别喜欢花栗鼠。他们到那儿时正好看到花栗鼠消失在老石墙下的大石头下面。不到一分钟他就又出来了，然后飞快地跑到老山核桃树那儿。

“哦，花栗鼠，来和我们一起玩吧！”跟在他后面的快乐的小微风们喊道。

可是，花栗鼠只是摆了摆他有趣的小尾巴，两只眼睛对他们眨了眨。

“忙！忙！忙！”花栗鼠边说边紧迈他的小短腿尽全力跑着。

快乐的小微风们笑了，其中一个跳着舞，向前拉了拉花栗鼠有趣的小尾巴。

“多么美好的一天，过来和我们玩吧！”快乐的小微风们叫道，但花栗鼠又在背上摇了摇尾巴。

“忙！忙！忙！”他回头大声叫道，跑得比之前更快了。

几分钟之内他又回来了，可这个家伙的样子好奇怪啊！他的头是之前的两倍大，要不是他摆动他有趣的小尾巴的顽皮模样和攀爬老石墙的敏捷模样，你几乎都认不出那就是花栗鼠。

“噢，花栗鼠得了痄腮！”快乐的小微风们喊道。

但是花栗鼠一句话没说，他不能张口。他跑得比任何时候都快，直到消失在大石头下面。当他把头伸出来时，他还是平时顽皮的小模样。

“花栗鼠，”快乐的小微风们跑过来围着他叫道，“告诉我们为什么你的脸上有颊囊。”

花栗鼠只是对他们眨了眨明亮的眼睛，说：“忙！忙！忙！”然后快速地跑向空心栗子树。

快乐的小微风们看出来，要让花栗鼠和他们一起玩并回答他们的问题是不可能的。

“对了，”一个快乐的小微风说，“我们去问青蛙老爷爷花栗鼠的脸上怎么会有颊囊吧，他一定知道。”

于是，他们去空心栗子树上给花栗鼠摇下一些冰霜杰克在前一晚已经打开了毛壳的栗子，然后就出发了。

“拜拜，花栗鼠。”快乐的小微风们嬉闹着穿过格林牧场的时候喊道。花栗鼠算是停下来很长时间向他们说“拜拜”，然后往自己的颊囊里装满了栗子。

青蛙老爷爷坐在睡莲大绿叶上，绿叶在阳光下闪闪发光。一切非常安静，确实非常非常安静。快乐的小微风们突然从黄色的芦苇里跳出来，围着青蛙老爷爷，每个人都给他带来了一只肥胖的笨绿头苍蝇。

青蛙老爷爷圆鼓鼓的大眼睛里闪着光，吃每一只笨绿头苍蝇时，他都很滑稽地跳到空中。当最后一只笨绿头苍蝇也安全地放进他的黄白色马甲后，他在睡莲大绿叶上调整了个舒服的姿势，然后把手交叠在塞满笨绿头苍蝇的马甲前。

“咳咳！”青蛙老爷爷说，“今早又想知道什么？”

“哦，青蛙老爷爷，”快乐的小微风们叫道，“请您告诉我们花栗鼠的脸上为什么会有颊囊。一定要告诉我们，青蛙老爷爷，请您一定要告诉我们。”

“咳咳！”青蛙老爷爷说，“我怎么知道。”

“但您一定知道，青蛙老爷爷，您是知道的，请您告诉我们！”快乐的小微风们置身于灯芯草丛间叫道。

不久，青蛙老爷爷开始讲：

“很久……”

“很久很久以前？”一个淘气的快乐的小微风问道。

青蛙老爷爷假装被这次插嘴弄得很生气，试图看起来严肃一些。但快乐的小微风们都咯咯地笑，这样他自己也很快笑了。

“是的，”他说，“很久很久以前，在老棕熊成为王之前，花栗鼠先生，也就是花栗鼠的祖先，是所有松鼠中体形最小的，就像现在的花栗鼠一样。但他不介意，一点儿也不介意。灰松鼠先生是他的四倍大，还有一条好看的尾巴；黑松鼠先生也是他的四倍大，也有一条好看的尾巴；红松鼠先生是他的两倍大，而且他觉得他的尾巴也很好看。但花栗鼠先生从来不嫉妒他的大个子表兄弟们有那么好看的尾巴。他从不嫉妒！正如你们所知道的，他有一身漂亮的引以为傲的条纹装，他觉得这比大尾巴更让人渴望。

“所以花栗鼠先生走自己的路，每天都很开心和满足。花栗鼠先生是一个欢乐的小家伙，充满乐趣，整天都活蹦乱跳的，所以每个人都很喜欢他。

“当天气变凉，所有的树木都穿上了艳丽的衣服时，有一天，大自然母亲给格林牧场下达了命令，下次她来的时候，每个松鼠都必须为她收集并储存一千颗坚果。过完漫长的夏天，松鼠们都变得很胖很懒，除了花栗鼠先生，因为他每天都蹦蹦跳跳的，没机会长胖。

“灰松鼠先生抱怨，黑松鼠先生抱怨，红松鼠先生也抱怨，但他们都不敢违背大自然母亲的命令，所以他们都开始去收集一千颗坚果。唯独花栗鼠先生很开心很快乐。

“当他们来到坚果树的时候，你们猜发生了什么？天哪，他们竟然贪婪地吃掉了大部分的坚果，所以他们要更努力地去寻找坚果，并为大自然母亲储存一千颗。然后他们就变得匆忙了，灰松鼠先生、黑松鼠先生和红松鼠先生都是这样，每个人都努力确保自己能找到一千颗坚果。他们为了地面上的甚至是树上的坚果争吵、打架。因为他们很大很强壮，所以他们把花栗鼠先生推来推去，每当花栗鼠先生想捡一颗饱满的坚果时，他们其中的一个就会把他推倒，然后拿着战利品匆匆离开。

“可怜的花栗鼠先生没发脾气，和从前一样有礼貌，但他怎么收集坚果呢？他的表兄弟们都是攀爬能手，能摘到树上的坚果，而花栗鼠先生不擅长攀爬，所以他只能专心地拾捡地面上的坚果。他每次只能拿一颗坚果，因为他的腿太短了，他必须尽全力奔跑才能把坚果储存到自己的秘密仓库里，然后再回来找下一颗。当其他人争吵打架的时候，他匆忙地跑来跑去，从早忙到欢乐的圆圆的红太阳公公落到紫山的后面戴上睡帽，他一直在寻找坚果，并把它们放在秘密仓库里。

“可是，地上的坚果变得越来越少，越来越难以找到，因为其他的松鼠也在捡坚果，而且他们还不用跑那么远。

“有时在树上的一个表兄弟会掉下一颗坚果来，但花栗鼠先生从来不会去捡，就算当时他要很费力地去寻找，他也不捡，他自言自语道：‘如果我表兄弟的坚果掉到了地上，那仍然是他的坚果。’

“最终，灰松鼠先生第一个宣布他已经收集到了一千颗坚果。然后，黑松鼠先生宣布他也收集到了一千颗坚果。第二天，红松鼠先生也不再寻找坚果了，因为他也有了一千颗坚果。

“但花栗鼠先生几乎还没收集到一半。那天晚上，他发现了一件可怕的事情——有人发现了他的秘密仓库，并偷了他珍藏的部分坚果。

“‘哭也没用，于事无补。’花栗鼠先生自言自语道。第二天早晨他就勇敢地从头再来。他努力寻找，变得越来越瘦，后来消瘦得如自己过去的影子一般。但他和之前一样快乐，不停地寻找遗留下来的坚果。灰松鼠先生、黑松鼠先生还有红松鼠先生都无所事事，不停地取笑他。最高的那棵树的树顶上还挂着几颗坚果，但他的表兄弟们都没有爬上去为花栗鼠先生摇下来。

“这时，大自然母亲来到了格林牧场。灰松鼠先生先把她带到自己的仓库，她数了数他的一千颗坚果。然后黑松鼠先生把她带到自己的仓库里，让她数了数他的一千颗坚果。红松鼠先生也把她带到他的仓库里，让她数了数他的一千颗坚果。

“最后，花栗鼠先生把大自然母亲带到自己的秘密仓库，向她展示了他努力寻找得来的一堆坚果。大自然母亲不需要数就知道那不够一千颗。

“‘我已经尽了自己最大的努力。’花栗鼠先生勇敢地说。他全身都在颤抖，他累极了。

“大自然母亲没说一句话，只是出来走到格林牧场上，她让快乐的小微风们把牧场上和森林里所有的人都召集起来。当所有人聚齐以后，她突然转向灰松鼠先生说：

“‘从你的仓库里给我拿一百颗坚果过来。’

“然后她又转向黑松鼠先生说：

“‘从你的仓库里也给我拿一百颗坚果过来。’

“最后，她让红松鼠先生出来站到每个人都能看到他的地方。红松鼠先生慢慢地爬出来。他的牙齿在打战，他最引以为傲的尾巴拖在地上，因为你们知道的，红松鼠先生心里有鬼。

“接着，大自然母亲就告诉大家她怎样要求每个松鼠收集并储存一千颗坚果；灰松鼠先生和黑松鼠先生是多么的自私；花栗鼠先生是多么努力地干活。然后，她又告诉大家花栗鼠先生的一部分珍贵的坚果是怎么被偷走的。

“‘那儿，’大自然母亲大声地说，每个人都能听到，

‘小偷就在那儿！’

“接着，她要求红松鼠先生去他仓库里把最大最好的坚果拿一半到这儿来。

“红松鼠先生耷拉着头灰溜溜地走着，去拿坚果。当他拖着步子来回走动的时候，牧场上和森林里所有的人都用手指着他叫道：‘小偷！小偷！小偷！’

“当灰松鼠先生、黑松鼠先生和红松鼠先生把所有的坚果都拿到大自然母亲面前的时候，她全部收集起来，把它们放到了花栗鼠先生的秘密仓库里。然后，她让花栗鼠先生站到一截每个人都能看到他的老树桩上。她说：

“‘花栗鼠先生，因为你很忠诚、很快乐，你已经尽了自己最大的努力，所以从今以后你会有两个颊囊，每个脸颊上一个，这样你每次就能拿两颗坚果了，下次我让你储存一千颗坚果时，你就不用那么辛苦了。’

“格林牧场上和格林森林里的所有人都为花栗鼠先生欢呼。他所有的表兄弟——灰松鼠先生、黑松鼠先生和红松鼠先生都无地自容。

“从那时到现在，花栗鼠的脸颊上都有颊囊。”

青蛙老爷爷总结道：“你愚弄不了大自然母亲的，试都不要试。”

“谢谢您！谢谢您！”快乐的小微风们拍着手叫道。然后，他们就跑着穿过格林牧场去为花栗鼠摇下更多的坚果。

第六章　自吹自擂的狐狸雷迪

土拨鼠约翰尼摇摇摆摆地行走在穿越格林牧场的寂寞小路上。他胖得圆滚滚的。他的棕黄色外套紧紧地裹着他，就好像要绷破了。土拨鼠约翰尼感觉非常开心，确实很开心，因为他早就发现了世界上最好的东西——满足。

欢乐的圆圆的红太阳公公从天空向下俯瞰，微笑着看着土拨鼠约翰尼摇摇摆摆走在寂寞小路上，因为他喜欢这个乐天派的小家伙，牧场上所有的人都喜欢他，除了狐狸雷迪。因为狐狸雷迪没有忘记土拨鼠约翰尼带给他的震惊和叫他“胆小鬼”。

土拨鼠约翰尼偶尔会停下来仔细地梳理一下自己的外套，因为他非常在意自己的仪表，这就是土拨鼠约翰尼。慢慢地，他朝微笑池塘旁边的老白胡桃树走去。他早就看到它了，但很久之后才走到。他能看到乌鸦布雷奇在树顶拍打着翅膀并用最大的声音叫喊着。

“一定有什么事情发生。”土拨鼠约翰尼自言自语道，他开始走得更快些。当他试图加快速度的时候，他看起来就更好笑了，欢乐的圆圆的红太阳公公笑得比之前更厉害了。

当土拨鼠约翰尼快到达老白胡桃树的时候，他笔直地坐下，这样他的头正好高过寂寞小路旁边的高草丛。他能看到快乐的小微风们在老白胡桃树下跳舞嬉戏，享受着美好时光。他能看到兔子彼得的长耳朵直直地竖在高草丛上。其中一个快乐的小微风发现了土拨鼠约翰尼：“快点儿啊，土拨鼠约翰尼！”土拨鼠约翰尼于是加快了速度。

当他来到老白胡桃树脚下的时候，他都快喘不上气了。他气喘吁吁，热得希望哪怕一分钟，只有一分钟也好，他能像水貂比利、麝鼠杰里或小水獭乔那样游泳，这样他就能跳到微笑池塘里凉爽一下了。

“你好，土拨鼠约翰尼！”兔子彼得叫道。

“对你自己说这话吧，看看你多喜欢听它啊！”土拨鼠约翰尼回答道。

“我自己好！”兔子彼得说。

然后，由于这个笑话愚蠢极了，每个人都笑了。对着美好的晴天犯傻也是一件不错的事情，尤其是在格林牧场上。

臭鼬吉米在那儿。他感觉很不错，因为他找到了一些肥美的甲壳虫当早餐。

小水獭乔在那儿，水貂比利和麝鼠杰里、快乐的松鼠杰克，当然还有狐狸雷迪也都在那儿。哦，是的，狐狸雷迪当然也在那儿。他从不会放过任何炫耀的机会。他穿着自己的崭新红外套和白马甲。他把自己的尾巴刷得看起来很帅气，每隔几分钟他就会转过头去欣赏它。狐狸雷迪觉得自己是一个完美的绅士。他崇拜自己，希望别人也崇拜他。

“我们来表演特技绝活吧，”兔子彼得说，“我能比这里任何人跳得都远。”

兔子彼得猛地一跳，跳得非常远。然后除了狐狸雷迪，其他人都跳了。甚至土拨鼠约翰尼也跳了，因为他又圆又胖，所以他跳的时候跌倒了，不停地在地上打滚，大家都笑了，土拨鼠约翰尼笑的声音最大。

因为兔子彼得的后肢很长，天生就适合用来跳跃，所以他跳得比任何人都远。

“我能比任何人都快地爬上老白胡桃树顶部。”快乐的松鼠杰克叫道，然后他就开始爬了。浣熊博比和水貂比利跟在他后面，尽管水貂比利是个著名的游泳运动员，跑得很快，但万不得已的时候他也能爬。但其他人刚开始爬，快乐的松鼠杰克就已经到达了老白胡桃树的顶部了。

快乐的小微风们拍着手掌，每个人都为快乐的松鼠杰克欢呼，除了狐狸雷迪。

“我能比这里任何人游得更快。”小水獭乔叫道。

突然，身披棕色小外套的三个身影就跳入了微笑池塘，他们差点儿弄翻了坐在睡莲大绿叶上观看的青蛙老爷爷。他们是小水獭乔、水貂比利和麝鼠杰里。他们穿过微笑池塘又游了回来，小水獭乔第一个上岸。

“为小水獭乔欢呼吧！”乌鸦布雷奇叫道。

每个人都开始欢呼：“好哇！好哇！”除了狐狸雷迪。

“你能做什么，臭鼬吉米？”兔子彼得问道，他兴奋得手舞足蹈。

臭鼬吉米懒洋洋地打了个哈欠。

“我能释放一种奇特的香味，味道飘散得比任何人都远。”臭鼬吉米说。

“我们知道！我们知道！但请你不要释放！”快乐的小微风们叫道，其他人则赶紧远远地躲开臭鼬吉米。

不过，臭鼬吉米没有释放“香味”。

于是他们全都返回来，狐狸雷迪仔细地梳理着他好看的红外套，因为他跑得太匆忙了，外套变得有些凌乱了。

在土拨鼠约翰尼的人生中，第一次开始觉得有一点点的不满意。他有什么能做得比别人好呢？他不能跳，不能爬，不能游泳。他甚至都跑不快，因为他太胖，胖得圆滚滚的。他完全忘记了自己拥有一颗善良的心，性情温和，每个人都喜欢他，除了狐狸雷迪。

就在这时，狐狸雷迪开始自吹自擂，因为他就是一个吹牛者。“哼！”狐狸雷迪说，“哼！只要腿适合跳远，每个人都能跳。而且，爬树有什么好处吗？我能跑得比这里任何人都快——比世界上的任何人都快！”狐狸雷迪不停地吹嘘自己。

“咳咳！”青蛙老爷爷说，“你跑不过乌龟斯波提。”

然后，大家开始欢呼，不停地在草地上翻滚，他们高兴极了，因为每个人都记得乌龟斯波提曾经是怎样赢了狐狸雷迪的。

狐狸雷迪有一分钟看起来傻极了，然后他就发脾气了，这是一件非常不明智的事情，因为脾气是很难收回的。接着他开始膨胀自己，每根毛发都竖了起来，他看起来是之前的两倍大。他大摇大摆地走着，轮流盯着每个人看。

“我不害怕格林牧场上的任何动物！”狐狸雷迪吹嘘道。

“咳咳！”青蛙老爷爷说，“我看到的是猎犬鲍泽吗？”

狐狸雷迪身上的毛发立马恢复了原样。他紧张地转动身体，焦虑地环视格林牧场。这时，大家又开始欢呼，不停地在草地上翻滚，捧腹大笑，因为你知道的，猎犬鲍泽根本就不在这儿。

但每个人都注意避开狐狸雷迪，除了土拨鼠约翰尼。他只是静静地坐着，不停地笑，笑得他肥胖的肚子都在发颤。

“你在笑什么？”狐狸雷迪问道。

“我只是在想，”土拨鼠约翰尼说道，“尽管你能跑得很快，但你捉不住我。”

狐狸雷迪狂怒了，瞪了土拨鼠约翰尼一分钟，然后直直地扑向他。

“我这就捉给你看看！”他咆哮道。

土拨鼠约翰尼当时坐在一个空洞边，那是土拨鼠老爷爷很久之前挖的。一转眼土拨鼠约翰尼就钻进了洞里。这个洞对狐狸雷迪来说太小了，但他生气极了，直接开始把洞挖大一些。我的天哪，沙土飞扬啊！狐狸雷迪后面形成了一个沙堆。

土拨鼠约翰尼跑到长长的地下隧道的尽头才停了下来。他听到狐狸雷迪还在挖，他知道狐狸雷迪真的要来了，于是土拨鼠约翰尼也开始挖，不是往下挖，而是对着阳光和蓝天往上挖。

我的天哪，他的短腿飞快地挖着，短胖的小爪子直接挖进柔软的土里。他的小前爪也飞快地挖着，如果你在那儿，你根本就看不到它们。他用强壮的后肢把沙子扔到了狐狸雷迪的脸上。

牧场上所有的人都聚集在土拨鼠约翰尼和狐狸雷迪消失的洞口，他们都很担忧，确实很担忧。狐狸雷迪能捉住土拨鼠约翰尼吗？他会对他怎么样？他们的玩笑会不会以人见人爱、心地善良、性情温和的土拨鼠约翰尼的悲惨下场而结束呢？

突然，砰的一声。在雏菊和毛莨之间坚实的土地上，土拨鼠约翰尼像从盒子里跑出的玩偶一样，他看起来非常热，有一点儿累，但仍然笑着奔跑到土拨鼠老爷爷挖的另一个洞里。

慢慢地，有什么东西从土拨鼠约翰尼挖的洞里爬了出来。会是狐狸雷迪吗？他的白马甲和漂亮的红尾巴哪儿去了？垂在他后面的是他美丽的尾巴吗？

他从洞里一爬出来就躺下了，气喘吁吁的。他累得都动不了了。然后，他开始从嘴里吐沙子，从鼻子里往外喷沙子，试图把眼睛里的沙子也弄干净。他美丽的长毛外套上也都是沙子，没人能猜出那就是狐狸雷迪。

“哈哈哈！”乌鸦布雷奇笑道。

然后大家都笑道：“哈哈哈！”并开始在草地上滚来滚去，再一次捧腹大笑，除了狐狸雷迪。当他恢复正常呼吸的时候，他没有这儿看看那儿看看，而是灰溜溜地逃回大山核桃树下的家。

当西风妈妈带着大风袋要带快乐的小微风们回到紫山后的家时，土拨鼠约翰尼自己笑着蹒跚回到寂寞小路，他先前的不满足都消失不见了。他发现，毕竟自己在某方面比格林牧场上的人做得都好，因为在他心中，他知道没人能比他挖得更快。

第七章　土拨鼠约翰尼的秘密

在格林牧场角落里的老苹果树的树根中间，土拨鼠约翰尼从他挖的洞里推出最后一点儿碎石，接着他把碎石铺在之前就在门前堆好的黄色大砂石堆上。然后他就笔直地坐在砂石堆上，刷刷他的外套，拍干净裤子上的沙子，再仔细弄干净自己的手。

他休息了一会儿后，转过身看了看他的新家，那就是他的家，尽管他还没有来居住，而且没人知道，除了欢乐的圆圆的红太阳公公，他是透过老苹果树的树枝看到土拨鼠约翰尼在干活。但他不会说的，那不是他的作风。每天从蓝天上向下俯瞰，他能看到各种各样的奇怪的事情，也知道了很多秘密，太阳公公就是这样，但他绝不会说出去。是的，各位，太阳公公绝不会告诉任何人，甚至都不会告诉西风妈妈，虽然他们总是在傍晚一起回紫山后面休息。

所以，欢乐的圆圆的红太阳公公发现土拨鼠约翰尼的秘密之后，只是笑笑，因为他在苹果树下的新家是一个秘密。甚至几乎无所不知的快乐的小微风们也没发现。

土拨鼠约翰尼自己笑了笑，因为他计划做一个后门，一个漂亮的后门，隐藏在一蓬高高的甜茅后面，没人能想到那里会有一个门。当他对自己找的后门位置心满意足的时候，他再次笔直地坐在好看的新砂石堆上，看看这边看看那边，以确定附近没人。然后，他开始沿着一条自己创造的隐秘小路回自己的老家。

很快，他就来到了经过自己家的寂寞小路。他沿着寂寞小路手舞足蹈，因为他开心极了，努力想要翻一个筋斗。但土拨鼠约翰尼胖得圆滚滚的，他只是滚成了一个球。

“啊，啊，啊！你怎么了？”在他站起来之前，一个声音在他后面说。是臭鼬吉米，他是出来找甲壳虫当早餐的。

土拨鼠约翰尼仓促地站起来，看起来傻傻的，确实非常傻。

“我没事，臭鼬吉米，”土拨鼠约翰尼说，“我没事，只是因为我知道了一个秘密罢了。”

“一个秘密！”臭鼬吉米叫道，“什么秘密？”

“是的，一个秘密，一个真实的秘密。”土拨鼠约翰尼郑重其事地说。

“告诉我，土拨鼠约翰尼，来吧，告诉我，这样这个秘密就成了我们两个人的秘密。”臭鼬吉米恳求道。

土拨鼠约翰尼对自己的秘密非常满意、非常高兴，好像他必须和别人分享似的。他再也不能独守这个秘密了。

“你不会告诉别人吧？”土拨鼠约翰尼说。

臭鼬吉米保证他不会。

“你发誓！”土拨鼠约翰尼要求道。

臭鼬吉米发了誓。

土拨鼠约翰尼看看这儿看看那儿，确定没人偷听后，他趴在臭鼬吉米的耳朵上小声说：“我在格林牧场角落里的老苹果树下建了一个新家。”

臭鼬吉米当然非常惊讶，非常感兴趣，于是土拨鼠约翰尼告诉了他所有的事情。

“现在，记住，这是一个秘密。”当臭鼬吉米要沿着寂寞小路穿越格林牧场去找甲壳虫的时候，土拨鼠约翰尼说。

“我会记住的。”臭鼬吉米说。

“不要告诉别人。”土拨鼠约翰尼说道。

臭鼬吉米保证他不会告诉别人。然后，土拨鼠约翰尼就吹着口哨向寂寞小路另一头出发了，臭鼬吉米则沿着寂寞小路快步去了格林牧场。

臭鼬吉米想了很多关于土拨鼠约翰尼新家的事情，以至于他都忘记找甲壳虫了，他差点儿撞到兔子彼得身上。

“你好，臭鼬吉米，”兔子彼得说，“你这么漫无目的，心里一定有什么事情。是什么？”

“是土拨鼠约翰尼的新家。”臭鼬吉米说。

“土拨鼠约翰尼的新家！”兔子彼得惊叹道，“土拨鼠约翰尼有新家了？在哪里？”

“就在格林牧场角落里的老苹果树下。”臭鼬吉米说道，然后用双手捂住自己的嘴巴。你知道他不是故意要说出来的，只是说漏了嘴而已。

“哦，但这是一个秘密，”臭鼬吉米叫道，“你不能告诉别人，我觉得土拨鼠约翰尼不会介意你知道的。兔子彼得，可你不能再告诉别人了。”兔子彼得保证他不会告诉别人。

兔子彼得非常好奇，确实非常好奇。和臭鼬吉米一分手，他就决定马上去看看土拨鼠约翰尼的新家。于是，他以最快的速度跑向格林牧场角落里的老苹果树。半路上他遇到了狐狸雷迪。

“你好，兔子彼得！这么匆忙是要急着去哪儿？”狐狸雷迪问道。

“去老苹果树下看土拨鼠约翰尼的新家。”兔子彼得努力躲避狐狸雷迪的时候答道。他突然记起了什么，然后用双手捂住了嘴巴。

“哦，但这是一个秘密，狐狸雷迪，你不能告诉别人。”兔子彼得叫道。

但狐狸雷迪没保证他不会告诉别人，因为即使身穿漂亮的外套，举止良好，他还是一个无赖。而且，他对土拨鼠约翰尼并没有好感，因为他没忘记土拨鼠约翰尼是怎样害他逃跑，叫他“胆小鬼”的。

所以，狐狸雷迪离开兔子彼得之后，他邪恶地笑了笑，急忙跑去找浣熊博比。他在去往哈哈溪的路上遇见了浣熊博比。狐狸雷迪把土拨鼠约翰尼的所有秘密告诉了浣熊博比，然后，他匆匆忙忙离开，追寻兔子彼得而去，因为他也很好奇。

浣熊博比继续朝哈哈溪走去。在那儿，他遇到了水貂比利，他告诉了水貂比利上拨鼠约翰尼在格林牧场角落里的老苹果树下建了新家。

不久，水貂比利遇到了小水獭乔，并告诉了他。

接着，小水獭乔遇见了麝鼠杰里，并告诉了他。

麝鼠杰里看见了乌鸦布雷奇，并告诉了他，还被青蛙老爷爷听到了。

乌鸦布雷奇遇见了他的表兄弟松鸦塞米，并告诉了他。

松鸦塞米遇见了快乐的松鼠杰克，并告诉了他。

快乐的松鼠杰克遇见了他的表兄弟花栗鼠，然后告诉了他。

花栗鼠经过蟾蜍老先生的房子时告诉了他。

第二天一大早，在西风妈妈从紫山下来之前，土拨鼠约翰尼溜到他的新家准备开始给他的新家建个后门。当他很努力地开始挖时，他听到背后有咳嗽声。他转过身看到兔子彼得很无辜、很惊讶地坐在那儿，好像真的是刚发现他的新家一样。

“你的新家好棒啊，土拨鼠约翰尼！”兔子彼得说。

“是——的，”土拨鼠约翰尼慢慢地说，“这是一个秘密。”他突然补充道，“你不会告诉别人的，是吗，兔子彼得？”

兔子彼得保证他不会的，土拨鼠约翰尼感觉好多了，兔子彼得一离开他就回去干活了。

他刚要开始干活，可是，又有人在他上方说：“早上好，土拨鼠约翰尼。”

土拨鼠约翰尼抬头看了看，原来是乌鸦布雷奇和他的表兄弟松鸦塞米正坐在老苹果树上。

就在这时，草丛里发出沙沙声，水貂比利、小水獭乔、麝鼠杰里、快乐的松鼠杰克、花栗鼠以及浣熊博比突然出来了。当土拨鼠约翰尼从震惊中恢复过来的时候，他看到在他新家的门阶上，狐狸雷迪正坐在他珍贵的新沙堆上。好像牧场上所有的人都在这儿，除了臭鼬吉米明智地没有来。

“我们都过来看看你的新家，”花栗鼠说，“我们觉得这是这么长时间以来我们见过的最好看的房子。”

“隐瞒得很好，确实是一个秘密！”狐狸雷迪无赖地笑着说。

就在这时，快乐的小微风们跑了过来，他们其中一个带来了青蛙老爷爷给土拨鼠约翰尼的忠告：“悄悄地把你的秘密告诉一个朋友，就相当于你对着全世界喊出了你的秘密。”

大家欣赏完土拨鼠约翰尼的新家之后，就向土拨鼠约翰尼道别，然后朝格林牧场的各个方向散去。土拨鼠约翰尼继续挖洞，但这一次他没做后门。确实没有！土

拨鼠约翰尼在他自己引以为傲的黄色沙堆上挖。欢乐的圆圆的红太阳公公眨眨眼睛，确定自己没有看错，因为土拨鼠约翰尼在老苹果树树根之间填平了自己的新家。当他完成后，这里就没有新家了。

土拨鼠约翰尼仔细弄干净自己的外套，抖掉裤子上的沙子，抹干净手后才开始回老家。这次他没走他的隐秘小路，因为他已经不在意别人看见他了。

那天傍晚，土拨鼠约翰尼坐在自己的老门阶上，下巴支在手上，看着西风妈妈把快乐的小微风们收入自己的风袋，并把他们带回紫山后面的家里。

"'悄悄地把你的秘密告诉一个朋友，就相当于你对着全世界喊出了你的秘密。'青蛙老爷爷说这句话是什么意思呢？"土拨鼠约翰尼想，"除了臭鼬吉米，我没告诉任何人啊；除了兔子彼得，臭鼬吉米也没告诉别人啊；然后……然后……"

土拨鼠约翰尼开始咯咯地笑，然后哈哈大笑起来。"'悄悄地把你的秘密告诉一个朋友，就相当于你对着全世界喊出了你的秘密。'我的天哪！我这么大声泄露了自己的秘密而自己却不知道啊！”土拨鼠约翰尼说道，擦了擦从眼睛里笑出的眼泪。

第二天，土拨鼠约翰尼开始建新家。在哪里？哦，那是个秘密。除了欢乐的圆圆的红太阳公公，其他人都不知道。

第八章　土拨鼠约翰尼的伟大决斗

土拨鼠约翰尼正坐在他新家的门阶上，望着格林牧场。土拨鼠约翰尼对自己和全世界都很满意。他慵懒地打了个哈欠，伸展伸展四肢让自己舒服一些，看着快乐的小微风们在微笑池塘边玩耍。

过了一会儿，他看到兔子彼得正在寂寞小路上蹦蹦跳跳。兔子彼得每跳一下都回头看看。

“兔子彼得在干什么？”土拨鼠约翰尼自言自语道，“他不停地往后面看什么呢？”

约翰尼坐直了一点儿，想观察在寂寞小路上蹦跳的兔子彼得。突然间他看到某种东西，坐得比刚才更直了，眼睛睁得大大的。“有什么东西在跟着兔子彼得。真的，有什么东西紧紧地跟在兔子彼得的后面。”

土拨鼠约翰尼忘记快乐的小微风们了，他忘记天气有多么温暖，他有多么懒洋洋了。他忘记了一切，只想知道紧紧跟在兔子彼得后面的是什么。

不久，兔子彼得停下来坐直，土拨鼠约翰尼差点儿因为震惊而摔倒。他揉了揉自己的眼睛，确定自己没看错，因为那儿有两个兔子彼得。真的，那儿有两个兔子彼得，只是另一个非常小，确实非常小。

“哦！”土拨鼠约翰尼说，“那一定是兔子彼得的小弟弟。”

然后，他就开始咯咯地笑，笑得他肥胖的身体都开始颤抖。兔子彼得坐在那儿，滑稽的长耳朵直直地竖着，在他后面坐着的是和他穿得一模一样的小弟弟，也是滑稽的长耳朵直直地竖着。兔子彼得摇摇他的右耳，他的小弟弟也摇摇他的右耳。兔子彼得抓抓他的左耳，他的小弟弟也抓抓他的左耳。不管兔子彼得做什么，他的小弟弟都会跟着做。

很快，兔子彼得就开始沿着寂寞小路向下走，他的小弟弟紧紧地跟在他后面。土拨鼠约翰尼看着他们走出视线，继续坐在他的门阶上享受日光浴。他偶尔想起兔子彼得小弟弟的可爱样子，就自顾自地笑了起来。不久他就睡着了。

当土拨鼠约翰尼醒来的时候，欢乐的圆圆的红太阳公公已经在天空中爬得很高了。他打了个哈欠，伸展四肢，坐直看着格林牧场。然后他就变得很清醒，确实非常清醒。他瞥到了红色的什么东西在格林牧场中的高草丛里跳来跳去。

“那一定是狐狸雷迪，”土拨鼠约翰尼想，“是的，一定是狐狸雷迪。我怀疑他在制造什么恶作剧。”

然后他看到所有的快乐的小微风都快速跑向狐狸雷迪。松鸦塞米和他的表兄弟乌鸦布雷奇高声尖叫着。快乐的松鼠杰克正在附近老榆树的树枝上兴奋得上蹿下跳。

土拨鼠约翰尼不再观望，他决定沿着寂寞小路下去看看是怎么回事。半路上，他遇见了跑得飞快的兔子彼得。兔子彼得长长的耳朵都平放在脑后，大眼睛好像要从脑袋上跳出来一样。土拨鼠约翰尼从没见兔子彼得跑得这么快过。

“你跑这么快干什么，兔子彼得？”土拨鼠约翰尼问道。

“去找猎犬鲍泽。”兔子彼得回头喊道，他在努力跑得更快。

“发生什么事情了？兔子彼得要去找猎犬鲍泽？”土拨鼠约翰尼自言自语道。他和牧场上所有的人都知道，没什么比农夫布朗家的猎犬鲍泽更让兔子彼得害怕了。

土拨鼠约翰尼的小短腿载着他滚圆的胖身子，拼尽全力沿着寂寞小路向下跑去。

他很快就来到格林牧场上，看到的场景让他矮胖的小身体里的每根神经都暴怒了。

狐狸雷迪发现了兔子彼得的小弟弟，正在狠狠地吓唬他。“我现在要吃了你。”狐狸雷迪叫道。接着，他突然扑向兔子彼得的小弟弟，给了他一巴掌，兔子彼得的小弟弟一个后仰翻被打倒在草地上。

“懦夫！狐狸雷迪是个懦夫！”松鸦塞米叫道。

“不害臊啊！不害臊！”快乐的小微风们叫道。

“你就是个恃强凌弱的废物！”乌鸦布雷奇喊叫道。

不过，没人出来帮助兔子彼得的小弟弟，因为狐狸雷迪比他们任何人体形都大，除了浣熊博比，牧场上的所有人都害怕他。

但狐狸雷迪只是嘲笑他们，他使劲揪住兔子彼得小弟弟的长耳朵，兔子彼得的小弟弟疼得叫了起来。

所有人都专注于狐狸雷迪折磨兔子彼得的小弟弟，没人看到土拨鼠约翰尼从寂寞小路走来。一个狂怒的黄棕色小身影突然把狐狸雷迪撞倒，并掐住他的喉咙。有几分钟时间，没有人认出是谁。你知道的，这看起来一点儿也不像土拨鼠约翰尼。他每根毛发都竖起来了，他生气极了，这让他看起来有平常的两倍大。

“懦夫！懦夫！懦夫！”当土拨鼠约翰尼掐住狐狸雷迪的喉咙摇晃时，他喊道。紧接着格林牧场上有史以来最伟大的决斗就开始了。

土拨鼠约翰尼并不善战。哎呀，是的！他的脾气好极了，心地善良，很少和别人争吵。但当他必须决斗的时候，他身上的每根毛发都不懦弱，就连最最微小的毛发也不懦弱。谁都不会有机会叫土拨鼠约翰尼“胆小鬼、爱哭鬼”！

尽管和牧场上所有的人一样，他平常也有一点儿害怕狐狸雷迪，因为狐狸雷迪体形大，可是，当他看到狐狸雷迪折磨兔子彼得的小弟弟的时候，他都没时间去想自己会有什么样的后果。他根本就没停下来思考。他只是紧咬牙关，而仅仅一瞬间，狐狸雷迪就躺倒在地了。

格林牧场从来没有过这么一场决斗！狐狸雷迪是一个恃强凌弱者和懦夫，因为只要有办法，他绝不和与自己体形相当的人决斗，但当他必须决斗的时候，他会奋力决斗。现在他必须决斗了。

“恃强凌弱的浑蛋！”土拨鼠约翰尼用他结实的小后腿撕扯着狐狸雷迪的红外套，嘶嘶地骂。“你是一个恃强凌弱的大浑蛋！”

他们在地上滚来滚去，一会儿土拨鼠约翰尼在上面，一会儿狐狸雷迪在上面，一会儿又是土拨鼠约翰尼在上面，一直在抓啊叫啊。

决斗的消息好像传遍了格林牧场，因为牧场上的人们都从四面八方跑来——水貂比利、小水獭乔、麝鼠杰里、花栗鼠、臭鼬吉米、蟾蜍老先生，甚至连青蛙老爷爷都离开了睡莲大绿叶，匆忙地跳着穿过格林牧场赶过来。他们在狐狸雷迪和土拨鼠约翰尼四周围成了一个圈儿，激动地蹦跳着。所有人都希望土拨鼠约翰尼赢。

兔子彼得的小弟弟，被狐狸雷迪打得一瘸一拐的，害怕得都不敢喘气，只是平躺在小灌木丛下面的地上，几乎被所有人遗忘了，除了快乐的小微风们，他们用枯草盖住他，亲吻他，小声对他说现在不要害怕了。兔子彼得的小弟弟多么希望土拨鼠约翰尼能赢啊！如果狐狸雷迪赢了土拨鼠约翰尼，接下来狐狸雷迪会对他怎么样，一想到这个问题，兔子彼得的小弟弟柔顺的圆圆的大眼睛里就充满了恐惧。

但狐狸雷迪没有打赢土拨鼠约翰尼。不管他再怎么努力，都抓不住那个圆滚滚的肥胖小身躯。土拨鼠约翰尼用结实的小爪子撕扯狐狸雷迪的红外套和白马甲，他尖锐的牙齿紧紧地咬住狐狸雷迪，甩都甩不脱。很快，狐狸雷迪心里就只想着逃跑了。每个人都为土拨鼠约翰尼高呼加油。每次狐狸雷迪被压在下面，他都会听到牧

场上所有的人发出巨大的喊叫声，他知道他们都很开心。

土拨鼠约翰尼又胖又圆又矮，人一旦这样，呼吸会变得很短促。所以土拨鼠约翰尼就是这样。他努力地决斗，都快无法呼吸了。最后他稍稍松开狐狸雷迪，想好好吸口气。狐狸雷迪逮到了机会，迅速一拉一跳，他就挣开了。

牧场上的所有人都是多么迅速地四处逃窜啊！你知道的，当土拨鼠约翰尼占上风时，他们都很勇敢，确实非常勇敢，但现在狐狸雷迪自由了，大家突然都感到害怕，只想着自己。臭鼬吉米匆忙逃跑时把麝鼠杰里撞倒在地。水貂比利踩到了青蛙老爷爷的大脚，连“对不起”都没说。花栗鼠一头撞上一棵大刺蓟，又疼又怕大声尖叫起来。

但狐狸雷迪没注意任何人。他只想逃跑，他拼尽全力一瘸一拐地向寂寞小路上方跑去。多么有看头的景象啊！他漂亮的红外套被撕破了，脸也被抓破了，跑的时候腿都瘸了。他逃脱时，土拨鼠约翰尼突然抓了他一把，从他引以为傲的漂亮尾巴上抓下一大把毛。

当牧场上的所有人看到狐狸雷迪真的逃走时，他们都停了下来，开始尖叫：“狐狸雷迪是懦夫和恃强凌弱者！

懦夫！懦夫！”然后他们就围绕着土拨鼠约翰尼，开始谈论这场伟大的决斗。

就在这时，他们听到山上发出巨大的响声。朝山上望去，他们看到在寂寞小路上狐狸雷迪正折返回来，用尽全力在奔跑。猎犬鲍泽张着大嘴巴紧跟在他后面，他的号叫声反复回荡着。

你知道的，尽管兔子彼得不能为自己的小弟弟打架，总是非常非常胆怯，但他完全不是一个懦夫。其实，他已经很勇敢了，确实非常勇敢。他已经前往农夫布朗的家，跳到猎犬鲍泽的鼻子底下。因为这是猎犬鲍泽永远无法忍受的举动。于是，猎犬鲍泽开始追赶兔子彼得。兔子彼得拼尽全力快速跑向格林牧场，因为他知道，一旦猎犬鲍泽看到狐狸雷迪，他就会完全忘记还有一只顽皮的兔子。

果不其然，在寂寞小路的半路上，他们遇到了鬼鬼祟祟打算溜回家的狐狸雷迪。当猎犬鲍泽看到狐狸雷迪的时候，他就完全忘记了兔子彼得。猎犬鲍泽大吼一声就开始追赶狐狸雷迪。

当土拨鼠约翰尼仔细梳理他的外套时，牧场上所有的人都祝他好运。然后他沿着寂寞小路回家，快乐的小微风们在他前面跳着舞，兔子彼得在他后面蹦蹦跳跳，中间跳跃着兔子彼得的小弟弟。兔子彼得的小弟弟认为土拨鼠约翰尼是世界上最伟大的英雄。

当他们到达土拨鼠约翰尼的老家时，兔子彼得和他的小弟弟试图向他表达谢意，但土拨鼠约翰尼只是笑笑说："没什么，真没什么。"

最后在所有人甚至连快乐的小微风们都离开后，土拨鼠约翰尼才溜去他的新家，那是他的秘密，你知道的，除了欢乐的圆圆的红太阳公公外没人知道的，他不会告诉别人的。

"我希望，"当土拨鼠约翰尼累得在自家门口温暖的沙堆上伸展四肢时，他说，"我希望，"他心满意足地叹了口气，"狐狸雷迪能从猎犬鲍泽的追捕下逃脱。"

狐狸雷迪确实逃脱了。

第九章 蟾蜍老先生的旧外套

当兔子彼得沿着弯弯小路向山下跳跃的时候，他又累又困。他能看到西风妈妈从她的大风袋里把快乐的小微风们放到格林牧场上去度过一个明亮的夏日。当他看到快乐的小微风们在微笑池塘上面跳舞的时候，他不停地打哈欠。然后，他就沿着弯弯小路向下跳着回家。

坐在篱笆柱上的松鸦塞米看见他过来了，喊道："兔子彼得一晚上都在外面！哦，天哪，那是什么景象！堕落的兔子彼得！你没有好下场！"

兔子彼得对着松鸦塞米伸了伸舌头。

"谁偷了快乐的松鼠杰克的坚果？贼！贼！贼！"兔子彼得对着松鸦塞米喊道，然后他继续沿着弯弯小路走。

这是真的——兔子彼得一整晚都在外面的月光下玩耍，偷了农夫布朗家的大白菜，享受了一顿消夜，还捉弄了浣熊博比。现在牧场上的大多数人刚醒来，但兔子彼得却想着要上床睡觉了。

不久，他来到一块大树皮边上，大树皮是蟾蜍老先生的屋顶。蟾蜍老先生正坐在门口对着欢乐的圆圆的红太阳公公眨眼，太阳公公也是刚爬上天空。

“早上好，蟾蜍老先生。”兔子彼得说。

“早上好。”蟾蜍老先生说。

“你今天早上看起来好极了。”兔子彼得说。

“我今早感觉不错。”蟾蜍老先生说。

“哎呀，我的天哪，你穿了一件新外套，蟾蜍老先生！”兔子彼得叫道。

“嗯，我就穿了那又怎样，兔子彼得？”蟾蜍老先生问道。

“哦，没什么，没什么，一点事儿也没有，蟾蜍老先生，一点事儿也没有，”兔子彼得急忙说，“我只是之前不知道你有件新外套罢了。你是怎么处理你的旧外套的呢？”

“吞下去了。”蟾蜍老先生简短地说，转身背对着兔子彼得。

这就是兔子彼得从蟾蜍老先生那里问出的答案，接着他继续向弯弯小路下方走去。兔子彼得非常好奇，永远都喜欢掺和别人的事情。他越好奇就越想知道蟾蜍老先生是怎样处理他的旧外套的。他肯定没有吞下去！谁听过这种事情啊！他想得越多就越想知道蟾蜍老先生是怎么处理他的旧外套的。这时他都忘了自己在外面玩耍了一晚上，忘了自己困极了。他必须弄清楚关于蟾蜍老先生旧外套的事情。

“我这就跑去微笑池塘问青蛙老爷爷。他一定知道蟾蜍老先生如何处理他的旧外套的。”兔子彼得说道，然后加速跳跃。

当他来到微笑池塘时，青蛙老爷爷像往常一样坐在睡莲大绿叶上。他圆鼓鼓的大眼睛里有种饥饿感，因为现在天儿还太早，笨绿头苍蝇还没有来。但兔子彼得太想知道关于蟾蜍老先生的事情了，没有注意到这些。

“早上好，青蛙老爷爷。”兔子彼得说。

“早上好。”青蛙老爷爷有点儿粗暴地回答道。

“您今天早上看起来很不错，青蛙老爷爷。”兔子彼得说。

“如果有一些肥胖的笨绿头苍蝇会更好。”青蛙老爷爷说。

“我刚见过您的表兄弟蟾蜍老先生了，他穿着新外套。”兔子彼得说。

“确实！”青蛙老爷爷回答道，“嗯，我认为到时候了。”

“蟾蜍老先生是怎么处理他的旧外套的呢，青蛙老爷爷？”兔子彼得问道。

“咳咳！这可不关我的事。或许他吞下去了吧。”青蛙老爷爷生气地回答道，然后转过身背对着兔子彼得。

兔子彼得看出自己的好奇心不会得到满足。他突然记起他在外面玩儿了一整晚，非常非常困，所以他就开始穿过格林牧场往家走去。

快乐的小微风们听到了兔子彼得和青蛙老爷爷的对话，他们决定从青蛙老爷爷那里问出蟾蜍老先生是怎么处理他的旧外套的。刚开始他们在格林牧场上散开。不久他们就回来了，每个人都给青蛙老爷爷吹来了一只肥胖的笨绿头苍蝇。他们把笨绿头苍蝇一直吹到睡莲大绿叶上方。

“咳咳！咳咳！咳咳！”当每只肥胖的笨绿头苍蝇消失在青蛙老爷爷的黄白马甲里时，他发出了这些声音。当最后一只肥胖的笨绿头苍蝇将要消失不见，但一只腿还残留在青蛙老爷爷的嘴角时，一个快乐的小微风大胆地向他询问蟾蜍老先生的旧外套怎么样了。

青蛙老爷爷调整了一个舒服的姿势坐在睡莲大绿叶上，双手交叠在他的黄白马甲上。

“咳咳！”青蛙老爷爷开始说，“很久很久以前……”

快乐的小微风们坐在毛茛和雏菊之间拍着手，因为他们知道他们很快就会了解蟾蜍老先生是如何处理他的旧外套的了。

“很久很久以前，”青蛙老爷爷再次说，“老棕熊得到消息说大自然母亲将要到访格林牧场和格林森林。老棕熊当然希望他的王国和子民看起来尽善尽美，所以他下了一个命令——格林牧场和格林森林里的每个人在大自然母亲到访的那天都必须穿新外套。

“就像老棕熊一样，每个人都想在大自然母亲面前展现自己最好的一面，可因为没人知道她到来的具体日期，所以大家都立刻换上了他们最好的外套，并小心翼翼地保护着。老棕熊每天都穿着有光泽的黑色外套。步态轻盈的鹿先生扔掉了他脏兮兮的灰外套，换上了漂亮的红色和浅黄褐色的外套。水貂先生、水獭先生、麝鼠先生、兔子先生、土拨鼠先生、老棕熊的表兄弟——浣熊先生、灰松鼠先生、黑松鼠先生和红松鼠先生都换上了崭新的衣服。臭鼬先生脱下自己的黑白条纹装，换上了漂亮的全黑外套，确实非常好看。花栗鼠先生也精心地让自己新外套上最美丽的条纹看起来尽善尽美。

“松鸦先生，这个爱好打扮的家伙有一件非常棒的新外套，这件新外套就好像是从最蓝的天空裁下来的一样，还用最白的云朵镶了边。即使是乌鸦先生和猫头鹰先生，也都努力让自己看起来尽善尽美。

“不过，蟾蜍先生，也就是蟾蜍老先生的祖先，觉得没必要小题大做。他觉得他的邻居们都花费了太多时间想着装问题。当大自然母亲到来的时候，为了证明自己也想在她面前展示自己最好的一面，蟾蜍先生也为自己准备了新外套。但蟾蜍先生没有整天无所事事地坐着欣赏自己的新衣服。确实没有！蟾蜍先生有很多事情要做，总之他很忙。他有一个大菜园要护理，在菜园干活很费衣服。于是，他在新衣服上面套上旧外套就继续忙自己的事情了。

“不久，大自然母亲视察老棕熊王国的大日子到了。牧场上和森林里的所有人都急忙来向大自然母亲致敬，炫耀自己好看的衣服，除了蟾蜍先生。他忙得甚至都不知道大自然母亲到了。

“傍晚时分，蟾蜍先生停下来休息。他刚刚清理完卷心菜上的蛞蝓，否则它们会把他的作物吃光，他累极了。不久，他碰巧抬头看路，竟然看到了大自然母亲要亲自来参观他的菜园，想弄清楚他为什么没去向她致敬。

“蟾蜍先生突然记起他穿的是干活时的衣服，又旧又脏，破破烂烂的。一时间，他不知如何是好。然后他冲到一片圆白菜叶下开始脱旧外套，但旧外套卡住了。

他又慌又紧张，甚至都找不到纽扣。终于他把裤子脱下来了。然后他伸手抓住他外套的背部，拽啊拉啊，旧外套最后从头上脱掉，就好像脱汗衫一样。

“当穿着自己的新衣服走出来时，他长长地舒了一口气，你知道的，他一直在旧外套里面穿着新外套。

“蟾蜍先生在发现破破烂烂的外套脏兮兮地躺在地上之前，一直对自己非常满意。他应该怎么办？他不能把旧外套藏在菜园里，因为大自然母亲的眼睛很尖，她一定能看到。他应该怎么办呢？

“蟾蜍先生想到了一个巧妙的主意。每个人都嘲笑他的大嘴巴。可如果没有用，他为什么要长大嘴巴呢？他要吞下自己的旧外套。蟾蜍先生闪电般地钻到圆白菜叶下面把旧外套塞到嘴巴里。

“当大自然母亲进入菜园时，蟾蜍先生在小路上等着迎接她。他穿着新衣服，看起来很不错，你会认为他一整天都在等着迎接大自然母亲，但有一件事——一次吞下的量太大，太困难了，他不能完全吞下自己的旧外套，一条裤腿还挂在嘴角呢。

“当然，大自然母亲很快就看到了，她哈哈大笑。蟾蜍先生觉得非常羞愧。但大自然母亲非常满意蟾蜍先生的菜园，满意他的勤奋，她也就忽略了挂在蟾蜍先生嘴角的破烂裤腿。

“‘好看的衣服比不上辛勤的劳作，’大自然母亲说，‘因此我任命你为我的菜园主管，蟾蜍先生。为了让所有人知道，从今以后，每当你换新衣服的时候都可以吞掉你的旧外套。’

“从那天起到现在，蟾蜍们都是最好的园丁。他们祖祖辈辈总是吞掉自己的旧外套。

“现在你们知道在兔子彼得今早经过我的表兄弟蟾蜍老先生的房子前，他是怎么处理自己的旧外套了吧。”青蛙老爷爷总结道。

“哦，”快乐的小微风们叫道，“谢谢您，谢谢您，青蛙老爷爷！”

然后，他们就奔跑着跨过格林牧场，沿弯弯小路而上去看蟾蜍老先生是不是在侍弄他的菜园。而兔子彼得到现在还在好奇蟾蜍老先生是怎么处理他的旧外套的。

第十章　青蛙老爷爷的还击

青蛙老爷爷坐在微笑池塘里的睡莲大绿叶上，幻想着世界还年轻，青蛙还统治世界的日子。他的双手交叠在他的黄白马甲上。欢乐的圆圆的红太阳公公微笑着在青蛙老爷爷绿色的外套背后抛洒最温暖的光芒。

一大清早，西风妈妈急忙从紫山赶来帮助已起航的白帆帆船驶过广阔的海洋，她停了一会儿，把三四个肥胖的笨绿头苍蝇吹到睡莲大绿叶那里，它们现在都安然地待在黄白马甲里了。数以千计的小蝌蚪在微笑池塘里玩耍。他们都是青蛙老爷爷的重孙子。他们偶尔蠕动着来到睡莲大绿叶旁敬畏地看着青蛙老爷爷，想知道他们自己以后是否能如青蛙老爷爷那样拥有巨大的体形、帅气的外表和充满智慧的头脑。

青蛙老爷爷还是安静地坐着，幻想着过去的日子，那时候所有的青蛙都有尾巴，他们统治着世界。

不久，水貂比利一蹦一跳沿着哈哈溪而下。有时他游一小段距离，有时他沿着岸边跑一段距离，有时他又从一块石头跳到另一块石头上。水貂比利感觉非常好，确实非常好。他抓到一条肥胖的鲑鱼来当早餐。他又在一个只有他自己知道的舒适小洞里藏了两条当晚餐，除了他自己没人知道。现在他无事可做，就想制造恶作剧。说起制造恶作剧，水貂比利不会让你失望的。他总是忍不住地去制造恶作剧。

于是，水貂比利沿着哈哈溪，欢蹦着跳到微笑池塘。然后，他就停了下来，和岩石一样安静地站着，从灯芯草里向外偷窥。水貂比利十分谨慎，确实非常谨慎。他在露面之前总是先非常仔细地观察，所以没什么能让他感到惊讶。

水貂比利环视了整个微笑池塘和长满青草的岸边。他看到阳光在水面上舞动，小蝌蚪们在微笑池塘里欢乐嬉戏；快乐的小微风们在岸边亲吻着岸上的毛茛和雏菊；青蛙老爷爷双手交叠在黄白马甲前，坐在睡莲大绿叶上，幻想着很久很久以前的时光。

水貂比利长吸了一口气，确实是很长的一口气，然后就一头扎进微笑池塘里。水貂比利能游得非常快，确实非常快。如果只是一小段路，他甚至能游得比鲑鱼汤米还快，而且他能在水下憋很长时间。

水貂比利直直地穿过微笑池塘，连鼻尖都没有露出水面。数以千计的小蝌蚪看到他过来，都朝四面八方逃窜，隐藏到微笑池塘底部的淤泥里，因为水貂比利在觉得没人看见他的时候，会吞掉一只肥胖的小蝌蚪当早餐。

水貂比利游向微笑池塘对岸的睡莲大绿叶，青蛙老爷爷正在那里做梦呢，幻想着很久很久以前的日子。当水貂比利到达睡莲大绿叶下面的时候，突然用后肢狠狠地向上蹬了一脚。睡莲大绿叶便向上弹起，当然，坐在睡莲大绿叶上面的青蛙老爷爷四仰八叉摔进了微笑池塘里，溅起一个个大水花。

青蛙老爷爷的嘴巴非常大。确实，没有人有那么大的嘴巴，除非是他的表兄弟——蟾蜍老先生。当青蛙老爷爷四仰八叉地跌进微笑池塘的时候，他的嘴巴张得

很大。

你看，他惊讶得都忘记闭上嘴了。所以，青蛙老爷爷喝了很多水，他被呛着了，不停地向外喷水，同时笨笨地游着小圆圈想让自己清醒过来。最后他爬上了睡莲大绿叶。

“咳咳！”青蛙老爷爷看看这边，看看那边后说。然后他很滑稽地跳了一下，朝相反的方向转身看看这边，看看那边，但他看到的都是泛起涟漪的微笑池塘。灯芯草中舒适的巢穴里，红翼鸫太太给她饥饿的孩子喂了一条肥虫，快乐的小微风们急忙去看发生了什么事情。

“咳咳！”青蛙老爷爷说，“这就奇怪了，我一定是睡着了，做了个不好的梦。”

然后他再次调整了一个舒服的姿势坐在睡莲大绿叶上，双手交叠在黄白马甲上，看似又在做梦，只有他圆鼓鼓的两只大眼睛没做梦。是的，确实。它们都非常清醒，看着微笑池塘将要发生什么。青蛙老爷爷只是在假装。你可能愚弄他一次，但青蛙老爷爷年纪那么大，很有智慧，虽然水貂比利很聪明，但只有比水貂比利聪明许多许多的人才能以同一种方式愚弄青蛙老爷爷两次。

当看到青蛙老爷爷被呛着了，不停地向外喷水，并跳上睡莲大绿叶想看看发生了什么事情时，藏在大岩石后的水貂比利一直在捧腹大笑。他认为这是一个好玩的玩笑，他不能不与别人分享，所以当他看到小水獭乔过来滑滑梯时，他游过去告诉了小水獭乔刚才发生的事情。小水獭乔也捧腹大笑。然后他们两个游回去藏在大岩石后面观察，想等到青蛙老爷爷忘记了这一切后，他们能再玩一次这个把戏。

通过一只眼睛的余光，青蛙老爷爷看到了水貂比利和小水獭乔的头挨得很近，而且在捧腹大笑。然后他看到他们游到了大岩石后面。很快，一个快乐的小微风跳着舞去看青蛙老爷爷是否已经睡着了。青蛙老爷爷没动，一点儿都没有，但他小声对快乐的小微风说了什么，然后快乐的小微风就飞走了，笑得浑身颤抖，飞到其他快乐的小微风与毛茛和雏菊玩儿的地方。

然后所有快乐的小微风拍着手也都笑了。他们离开了毛茛和雏菊，穿过微笑池塘开始捉迷藏。

大岩石上面的边缘有一根大木棍。不一会儿，快乐的小微风们围着大岩石跳起了舞，突然，他们一起推动了大木棍。大木棍掉了下去，岩石后面溅起了大水花，并传出了尖叫声。

不一会儿，小水獭乔从他的滑梯边爬出来，抱着头悄悄离开了。水貂比利鬼鬼祟祟地穿过灯芯草，因为怕被看见，他只好匍匐爬行，回到他位于哈哈溪的家。水貂比利现在不笑了。哦，是的！他抱着头，步履蹒跚。小水獭乔和水貂比利刚才一直都在大木棍的正下面坐着。

“咳咳！”青蛙老爷爷说完就捧腹大笑，他在无声的笑中张大嘴巴，因为青蛙老爷爷笑的时候从不出声。

“咳咳！”青蛙老爷爷再一次说。然后他就把双手交叠在黄白马甲上，再一次幻想青蛙都拥有长尾巴并统治世界的日子。

第十一章　沮丧的灌木丛

哈哈溪旁边下坡的地方，长着一小丛灌木。他看起来和周围的灌木丛很像。但仔细看，还真能发现一点儿不同。春天，欢乐的圆圆的红太阳公公召回鸟儿，让他们放声高歌，这时小花儿都从土里伸出头来看看周围，然后所有的小灌木都长出了绿色的叶子。

我给你说的那一小丛灌木也和其他灌木一样长出了嫩绿的叶子。所有的小灌木丛的小叶子长得越来越大。不久，其他的一些小灌木丛上开始出现棕色的小花蕾，不断生长。然后，越来越多的小灌木丛都出现了棕色的小花蕾，不断生长。可是，只有我给你说的那一丛小灌木没有长出棕色的花蕾。小灌木丛确实感到很难过。

很快，其他灌木丛上的棕色小花蕾都撑破了自己棕色的外套，然后所有的灌木丛都开满小花朵。有些是白色的，有些是黄色的，还有些是粉红色的。空气中弥漫着小花朵的香气，吸引着远处的蜜蜂前来采蜜。所有的灌木丛都非常开心。

可是，我给你说的那一小丛灌木上却没有一朵花，你知道的，一个花骨朵都没有，他感到孤单极了，他把自己和其他的灌木丛隔绝起来，他确实非常伤心。但他还是继续勇敢地生长，不停地生长。他的小叶子长得越来越大，越来越大，他尽量让自己不去介意自己没花朵这件事。

一朵，两朵，三朵，最后，其他所有灌木丛上的小花都在雨中掉落了，他们看起来非常像我给你说的那个灌木丛，如此一来，这个小灌木丛也就不再觉得难过了。

整个夏天所有的灌木丛都在不停生长。鸟儿把他们的巢穴建在灌木丛之间。兔子彼得和他的兄弟姐妹们在灌木丛间蹦蹦跳跳。蝴蝶也围着他们飞舞。

不久，秋天来了，冰霜杰克也一起来了。他在小灌木丛之间四处溜达，鞭打枝叶。所有的小嫩叶都变成棕色、红色或黄色，很快就飘到地上，快乐的小微风们吹拂着他们，所有的灌木丛都光秃秃的。他们裸露的棕色细枝干上没有任何东西覆盖。

我给你说的那一小丛灌木和其他灌木丛一样失去了所有的枝叶。但经过夏天，这一小丛灌木已经长出了一些棕色的小花蕾，那是其他灌木丛在春天里长过的，现在，当其他的灌木丛都失去嫩绿的叶子，棕色的细枝上什么也没有的时候，瞧！多么美好的一天啊！我跟你说的那一小丛灌木上都是金黄色，因为每个棕色的小花蕾都冲破外壳长出了漂亮的黄色小花。这么多的黄色小花啊！它们把灌木丛从头到脚覆盖起来。小灌木丛觉得非常开心，因为他是唯一长满花朵的灌木丛。经过的人都会停下来观看并称赞他。

天气变得越来越冷了。土拨鼠约翰尼整个冬天都要冬眠。青蛙老爷爷也在泥土深处睡觉，直到春天才会出来。慢慢地，黄色的小花也开始从小灌木丛上凋落了，就像其他灌木丛的花朵在春天里凋落一样。但它们会留下小小的包包，每个灌木丛上的小花朵都会留下一个小包包。整个冬天，这些小包包都挂在灌木丛上。又一个春天，

当所有的灌木丛都吐出新叶时，我给你说的那一小丛灌木上的小包包也在不停地生长，其他灌木丛上生长的都是和去年一样的小花。我和你说的那一小丛灌木上的棕色小包包还在继续生长。它们抚慰了小灌木丛，因为他感到这是很值得的。

一整个夏天，棕色的小包包都在不停地生长，它们看起来像小坚果。当秋天再度来临，所有灌木丛上的小叶子都凋落了，我给你说的那一小丛灌木又被另一些黄色的花朵覆盖，他非常非常开心。在一个明朗的秋日，这些棕色小坚果突然爆开了。每个小坚果里面都会飞出两颗发亮的棕色小种子。你从没见过那种喷薄而出的画面！砰！砰！啪！啪！它们比爆米花机里的爆米花蹦得还远。狐狸雷迪天性善疑，以为有人在朝他射击。这些棕色的闪亮的小种子掉到地上，钻进了落叶下面温暖的泥土里，一待就是整个冬天。

当第三个春天带着小鸟儿、小花朵和温暖的阳光来临的时候，这些钻进温暖的地下的棕色小种子都冲破了棕色的外壳，在阳光下长成了一棵绿色小植物，不停地生长，慢慢地长成和我给你说的那一小丛灌木一样。

当小灌木丛低头看到破土而出的绿色小孩子们时，他确实非常开心，因为他知道自己不再孤单了。当其他所有的灌木丛都被鲜花覆盖时他也不会再伤心了，因为他知道其他所有的灌木丛不久都会失去所有的嫩叶和花朵，然后就轮到他开花结果了，他知道这一整年他的棕色的小孩子们都会在自己的树枝上安全成长。

现在，你们认为小灌木丛的名字是什么？哎呀，他是金缕梅。有时当你摔倒，撞疼自己的时候，奶奶会找出医药箱，拿出一个瓶子，她会在疼痛的地方倒上什么东西，我们就会感觉好了很多。你知道那是什么吗？那是金缕梅给孩子和大人的礼物，使他们在受伤的时候感觉好一些。

第十二章　浣熊博比为什么要清洗他的食物

就在欢乐的圆圆的红太阳公公从紫山后面升起，西风妈妈把快乐的小微风们放到格林牧场玩耍的时候，逍遥自在的浣熊博比正坐在哈哈溪边。

浣熊博比已经在外面待了一整晚。你知道的，浣熊博比非常爱制造恶作剧，因为在黑夜的掩护下更容易制造恶作剧，所以浣熊博比更喜欢在晚上出来走动。浣熊博比并不是真的很坏。哦，哎呀，是的！每个人都喜欢浣熊博比。可就像鸭子离不开水一样，浣熊博比也离不开恶作剧。

此时，浣熊博比坐在哈哈溪边，他非常忙，确实很忙。他正忙着清洗自己的早餐。其实，这是晚餐，既然把白天和黑夜颠倒了，所有的事情也都颠倒了。于是，当牧场上大多数人正在吃早餐时，浣熊博比却在吃晚餐。

这天早晨他忙着清洗一根正在灌浆的甜美多汁的玉米棒。他把玉米棒浸在水里，用一只黑色的小爪子彻底地擦了擦。然后他又仔细地看了看，非常满意地坐下将它吃进空肚子里。在吃完最后一颗甜美多汁的玉米粒后，他懒洋洋地从寂寞小路往上走到空心大栗子树那里，这是他住的地方，空树洞里有张柔软的叶子铺的床，浣熊博比把自己紧紧蜷缩成一个小球，来睡过这个漫长而明亮的白天。

一个快乐的小微风轻手轻脚地跟着他。当他爬进大栗子树洞中的时候，只有他滑稽的饰有圆环的尾巴挂在外面，快乐的小微风为了好玩使劲拧浣熊博比的尾巴，然后跳着舞向寂寞小路下方飞去，加入到那些围绕在微笑池塘边的快乐的小微风们的队伍。

“哦，青蛙老爷爷，”快乐的小微风们叫道，“告诉我们浣熊博比为什么总是清洗他的食物。他从来不在他找到食物的地方吃东西，也不带回位于空心栗子树的家里吃，而总是来到哈哈溪清洗。牧场上没人那么做啊！”

大家都认为青蛙老爷爷很聪明。他年纪很大了，知道牧场上所有家族在青蛙统治世界时的故事。

当快乐的小微风们问他浣熊博比为什么总是清洗食物的时候，青蛙老爷爷停止捕捉来到他身边的一只格外肥胖的笨绿头苍蝇。然后，当所有的快乐的小微风围着他聚集在一起的时候，他在睡莲大绿叶上调整了一个舒服的姿势后，就开始讲：

“很久很久以前，老棕熊统治着格林森林。当然，那时比现在更美丽的大自然母亲才是真正的统治者，但她让老棕熊觉得他的统治很明智，他可以长久地统治下去。

“格林森林里和格林牧场上所有的人常常给老棕熊送食物当作礼物，所以他从来不用自己去觅食。他变得越来越胖，他的皮肤好像要爆炸了一样。他越胖就越懒。”

青蛙老爷爷停顿了一下，圆鼓鼓的大眼睛满怀期待地望着远处。然后，他高高地跳向空中，落下的时候，微笑池塘里溅起了大水花。当他游回睡莲大绿叶上的时候，一只笨绿头苍蝇的腿正挂在他的嘴角，他带着心满意足的神情，坐了下来。

“老棕熊，”青蛙老爷爷继续讲道，就好像中间没这段插曲一样，“日复一日，他变得越来越胖、越来越懒，就像好多又胖又懒的人一样，整天什么也不做，只等着别人给他送食物，脾气也变得越来越差，越来越难以取悦。

“你们可能不知道，熊家族和浣熊家族有很亲的关系。其实，他们是旁系表亲。浣熊先生，也就是浣熊博比的祖先，那时候还很年轻，觉得和老棕熊有亲戚关系，变得非常骄傲。他开始对格林牧场上的一些老玩伴视而不见。他大部分时间都用来刷洗自己的外套、梳理自己的胡须和呵护他带有圆环的大尾巴。他的头总是昂得高高的，一副盛气凌人的样子，很快除了他自己家族的人和熊王室成员外，他眼里就看不到其他人了。

“因为老棕熊变得越来越胖、越来越懒，非常难取悦，他不再满意地享用送到他面前的每一种食物，而是只挑出最值得选用的部分，其他的都剩下了。浣熊先生管理着送给老棕熊的所有贡品，当然不用干活，他也能弄到不少好东西。

“浣熊先生和老棕熊一样变得越来越胖、越来越懒、越来越自私。不久，他就开始为自己挑出食物中最好的东西，在老棕熊看到之前藏起来。当老棕熊睡觉的时候，他就去吃，像只贪婪的猪一样填饱自己。因为他是在偷窃，不想别人看到自己，所以他总是在晚上享受偷来的盛宴。

“大自然母亲，你们知道的，是非常非常有智慧的，确实很有智慧。很久很久以前，她制定的其中一条法律就是每个生物都要为自己得到的东西有所付出，干活越努力，就会变得越强。所以，当大自然母亲看到老棕熊变得那么胖、那么懒、那么自私，以及他的表兄弟浣熊先生也变得那么胖、那么懒、那么不诚实的时候，她决定必须给他们一个终生难忘的教训。

“她先宣布老棕熊不再是王，格林森林和格林牧场上的人们不需要再给他送贡品。

“当大自然母亲宣布的时候，老棕熊正在熟睡。当时刚刚入冬，他找到了一个美好温暖的洞，用很多树叶堆出一张床。大自然母亲窥视着他。他正在打呼噜，也许梦到了很多食物吧。‘如果他不再是王，现在叫醒他也没用，’大自然母亲自言自语道，‘他这么胖，这么愚蠢。他会一直睡下去，直到春天，温柔的南风妹妹亲吻冰雪使之融化。然后他会因为空空的肚子和贪婪的胃口而醒来，但没东西吃。’

“大自然母亲有副热心肠，她非常喜欢浣熊博比的祖先。所以，当她看到浣熊先生变成一个自私的贪吃鬼和小偷的时候，她决定让他和老棕熊那样睡觉。但她首先得给浣熊先生一个教训，让他知道偷来的食物并不好吃。

“于是，大自然母亲找来一些灌浆的、鲜嫩多汁的甜玉米，这些玉米是浣熊先生从老棕熊那里偷来的。然后她就去了格林牧场，那里生长着野芥末，她收集了很多野芥末，把它们磨成汁儿，涂在鲜嫩多汁的甜玉米上，放回浣熊先生原先搁置它们的地方。

“我已经告诉过你们，浣熊先生都是在夜晚享受偷来的大餐，因为他不想被别人看到。当没人在场时，他就咬了一大口大自然母亲放回去的鲜嫩多汁的甜玉米。因为贪婪又贪吃，他还没尝到味儿就把玉米一口吞下去了，接着他吃了第二口。然后格林森林边就有了这么一个时刻啊！浣熊先生在地上滚来滚去，两个前爪捂在肚子上，不停地呻吟。他揉了揉自己的眼睛，结果把芥末也弄到眼睛里了，眼睛睁不开了。这个夜晚，他惊醒了所有格林森林里睡觉的人，和心怀善意的人们一样，他们聚集过来看看浣熊先生怎么了。

“最后大自然母亲来给他缓解痛苦，给他带来一些水。然后，她让浣熊先生回到他位于大空心栗子树的家中，当她看到他蜷缩成一个球的时候，她就让他和老棕熊一样进入了长长的睡眠。

“春天来了，当温柔的南风妹妹亲吻冰雪使之融化的时候，不再是王的老棕熊和浣熊先生都苏醒了，他们都变得很瘦，而且都很饥饿，确实非常饥饿。不再是王的老棕熊对于自己吃的东西再也不挑剔了，找到什么就高兴地吃什么。

“浣熊先生仍然记得自己的肚子和嘴灼烧的感觉，永生都不会忘记。所以，每当他找到食物，首先会把食物带到哈哈溪或者微笑池塘里认真清洗，害怕上面有

芥末。

“从那以后的很长时间，作为老棕熊家族旁系表亲的浣熊家族都记得浣熊先生的经历，这就是浣熊博比为什么清洗食物、晚上外出、冬天睡觉的原因。”青蛙老爷爷总结道，圆滚滚的大眼睛盯着从他头上飞过的一只笨绿头苍蝇。

“哦，谢谢您，谢谢您，青蛙老爷爷！”快乐的小微风们跳着舞飞出格林牧场的时候对他说。但其中有一个退回到笨绿头苍蝇后面适当的距离，以便把它吹到青蛙老爷爷的睡莲大绿叶上。

“咳咳！”青蛙老爷爷吧嗒着嘴说。

第十三章　快乐的小微风们忙碌的一天

凉爽朦胧的清晨，西风妈妈从紫山出来了，在这之前，欢乐的圆圆的红太阳公公已把他玫瑰色的被单抛向他每日必来的蓝天中。当西风妈妈把她的大风袋倒在格林牧场上后，她的孩子快乐的小微风们蜂拥而出，开始在柔软的绿草地上玩耍。这时，天空中最后一颗星星还在慵懒地闪烁着。

西风妈妈轮流亲吻他们后，就急忙离开去寻找一片雨云，这片雨云走失了。快乐的小微风们看着她离开，然后他们就开始捉迷藏，直到欢乐的圆圆的红太阳公公从床上爬起来，对着格林牧场微笑才停下来。

很快，兔子彼得就蹦蹦跳跳地来了。

“你好，兔子彼得！”快乐的小微风们叫道，“过来和我们玩啊！”

“我不能，”兔子彼得说，“我必须去找些鲜嫩的胡萝卜当早餐。”他蹦蹦跳跳，很匆忙地走了。

过了几分钟，臭鼬吉米出现在他们的视线内，他看起来也很匆忙地沿着弯弯小路下来。快乐的小微风们跳着舞来到他面前。

“你好，臭鼬吉米！”他们叫道，“来和我们一起玩吧！”

臭鼬吉米摇了摇头。“我不能，”他说，“我必须去找些甲壳虫当早餐。”说完，他就开始在每根老树枝下面和每块他能搬动的石头下面寻找。

快乐的小微风们看了他几分钟，就跑去哈哈溪了。他们在那里看到水貂比利正偷偷摸摸地朝微笑池塘走去。

“哦，水貂比利，过来和我们玩吧！”快乐的小微风们恳求道。

“我不能，”水貂比利说，“我必须去为水貂爷爷捉一条鲑鱼当早餐。”说完他就继续蹑手蹑脚地向微笑池塘走去。

就在这时，蜜蜂邦布尔来了。邦布尔是个懒惰的家伙，总是大惊小怪，就好像他是世界上最忙碌、最重要的家伙。

“早上好，邦布尔，”快乐的小微风们叫道，“过来和我们一起玩吧！”

“嗡嗡，嗡嗡，嗡嗡，”蜜蜂邦布尔嘟囔道，“我不能，因为我必须采集一袋蜂蜜。”说完他就急忙去找最近的蒲公英。

然后，快乐的小微风们就去找土拨鼠约翰尼。但土拨鼠约翰尼非常忙，不能和他们玩耍。浣熊博比正在睡觉，因为他一整晚都待在外面。狐狸雷迪正在睡觉。花栗鼠正忙着填满他的颊囊，忙得都没时间停下来说早上好。快乐的松鼠杰克挥动着自己的大尾巴，急忙跑开，就像他有很多重要的事情要去处理一样。

最后，快乐的小微风们放弃了，在毛茛和雏菊中间坐下说话。每个人似乎都有事情要做，除了他们。这么阳光明媚的早晨，却是一个匆忙的世界啊！很快，其中一个快乐的小微风突然跳起来，在毛茛间开始疯狂地跳起了舞。

“我们自己没事情可做，那我们就为别人做点儿事情吧！”他叫道。所有的快乐的小微风都跳起来拍手叫好。

“哦，我们做吧！”他们叫道。

穿过格林牧场，他们看到垂着头的雏菊上面伸着两只长耳朵。

“那是兔子彼得，”其中一个快乐的小微风叫道，“我们帮他找些鲜嫩的胡萝卜吧！”一经提议，他们很快就跑过来，看谁能最先赶到兔子彼得那里。彼得笔直地坐着，看看这边，瞅瞅那边，想找些鲜嫩的胡萝卜，但一个都没找到，他的肚子空空如也。快乐的小微风们停了一下挠了挠他的长耳朵，拉了拉他的胡须，然后他们就朝各个方向跑开，看谁能第一个帮兔子彼得找到鲜嫩的胡萝卜。不久，当其中一个快乐的小微风找到一片长着鲜嫩的胡萝卜的菜地时，他赶紧带着使兔子彼得的鼻子发痒的味道回去。

当鲜嫩的胡萝卜的味道使兔子彼得的鼻子发痒时，兔子彼得快速地翕动他可爱的小鼻子，快乐的小微风看着他大笑起来。

“来吧，兔子彼得，因为今天是我忙碌的一天！”他叫道。

兔子彼得立刻就被说动了。他蹦蹦跳跳地离开，最大限度地利用了自己的大长腿，努力追赶快乐的小微风。他们很快就来到了有着鲜嫩胡萝卜的地里。

“哦，谢谢你，快乐的小微风！”兔子彼得叫道，马上开始吃自己的早餐。

另一个快乐的小微风飞到山上的弯弯小路上，窥探到一块平坦的大石头下有只肥胖的甲壳虫伸出了它的后肢。快乐的小微风立刻想起了臭鼬吉米，他正在找甲壳虫当早餐。于是，他就高兴地转身飞奔而去，吹得青草摇摆弯腰，让雏菊垂下了头。

经过漫长的搜寻，他发现了臭鼬吉米，吉米心情不佳。其实，臭鼬吉米非常生气。你知道的，他没找到任何早餐，因为他一只甲壳虫都没找到。

当快乐的小微风在臭鼬吉米后面舞动着，为了好玩而弄皱他的黑白外套时，吉米很快就发脾气了。事实上，他对快乐的小微风说了一些不好听的话。但快乐的小微风只是笑。他越笑，臭鼬吉米就越生气，臭鼬吉米越生气，他就笑得越厉害。多么好笑啊，很快臭鼬吉米也开始傻傻地含笑了，然后，就演变成了真笑，最后彻底大笑，尽管他的肚子空空如也。你知道的，这是非常难绷住的，的确非常难的，也非常傻，当别人笑的时候你却还在发脾气。

快乐的小微风突然跳着舞来到臭鼬吉米面前，在他右耳朵边耳语，然后又转过身对他左耳朵耳语。臭鼬吉米的眼睛立刻就亮了，嘴巴开始流口水。

“在哪里，快乐的小微风，在哪里？”他恳求道。

“跟我来！”快乐的小微风叫道。他穿过弯弯小路，跑得那么快，臭鼬吉米都喘不过气了，还是努力地跟上，你知道的，臭鼬吉米很少匆忙。

当他们来到平坦的大石头那里，臭鼬吉米用双手抓紧大石头，使劲拉。大石头突然翻起来，臭鼬吉米却背朝天摔倒了。当他站起来时，发现那里都是甲壳虫，四处逃窜去找地方躲藏。

“谢谢你，谢谢你，快乐的小微风，”臭鼬吉米叫道，

开始捉甲壳虫当早餐。

快乐的小微风笑得开心极了，他跳着舞离开去和格林牧场上别的快乐的小微风会合。在那里，他发现他们非常非常忙，确实非常忙，忙得都没时间和他打招呼。你猜他们在干吗呢？他们在运黄金呢！是的，各位，运黄金。事情是这样的：

当第一个快乐的小微风给兔子彼得找到鲜嫩的胡萝卜时，第二个快乐的小微风把臭鼬吉米带到藏有甲壳虫的平坦石头那儿时，其他的快乐的小微风看到了蜜蜂邦布尔。邦布尔是一个懒散的家伙，尽管他假装是世界上最忙碌的人。他们发现，当他嗡嗡地从一朵花转移到另一朵花时，他非常焦急。

“怎么了，邦布尔？”快乐的小微风们问道。

“出大事了，”蜜蜂邦布尔嘟囔道，“我必须采集一袋蜂蜜，现在还不够。大自然母亲命令我：每去拜访一朵花，就要从那儿取一袋黄金，送给另一朵花，我不这么做的话，我就采不到蜂蜜了。嗡嗡！嗡嗡！”蜜蜂邦布尔嘟囔道。

快乐的小微风们看着格林牧场上数以万计的小花朵，每一朵都有一袋子黄金等待着贡献出来，也等待着接受另一袋子黄金。然后他们看看彼此，快乐地大叫，因为现在他们能够大喊："忙！忙！忙！"

他们从一朵花上飞到另一朵花上，每个人肩膀上都背着一袋子黄金。每到一个地方他们就放下袋子，再拿起另一个袋子，所有的小花朵都开心地点着头看快乐的小微风们干活。

欢乐的圆圆的红太阳公公在蓝色天空上爬得越来越高，在那里他能向下俯瞰所有的事情，不管大的还是小的。当他看到匆忙的快乐的小微风们不再玩耍，而是忙着干活的时候，他笑得比之前更厉害了。但毕竟那也是一种玩耍，因为他们跳着舞从一朵花上落到另一朵花上，在没有花朵生长的荒地上赛跑。

不久，快乐的小微风们看到了兔子彼得。兔子彼得刚享用了一顿鲜嫩的胡萝卜大餐，所以他感觉非常好，确实非常好。

"你好，"兔子彼得大叫，"来和我玩啊！"

“不能，”快乐的小微风们一起叫道，“我们有工作要做！”

于是，他们匆忙地离开了，兔子彼得在太阳下全力伸展四肢，因为他也是一个懒惰的家伙。

他们沿着弯弯小路往下去格林牧场，路上遇到了臭鼬吉米。

“呵！”臭鼬吉米一看到快乐的小微风们就喊，“来和我一起玩吧！”

“不能，”快乐的小微风们叫道，“因为我们很忙，很忙，很忙！”他们开心地笑着。

他们来到哈哈溪，看到水貂比利蜷成个圆球正在熟睡。水貂比利不经常小憩，但他享受了鲑鱼大餐，又没人一起玩，加上天气明亮温暖的时候他从来不干活，所以他首先找了个地方，觉得没人能找到他，就蜷缩着身体睡觉了。其中一个快乐的小微风放下他正背着的一袋子黄金，轻轻地来到水貂比利的上方，开始用稻草挠他的一只耳朵。

水貂比利起先没有睁开眼睛，只是用自己的小黑手揉了揉耳朵。最后他非常清醒地跳了起来，准备去和打扰他的人打架。可是，他看到的却是快乐的小微风背着一袋子黄金跑开了。

所以一整天，直到西风妈妈拿着大风袋来把他们都带回紫山后的家之前，快乐的小微风们都在格林牧场上匆忙地跑这儿跑那儿。即使极小的花朵也给出并接受了他们的那一份黄金，快乐的小微风们一朵都没放过。

无所不知的大自然母亲听说了快乐的小微风们忙碌的一天。没人知道她是怎么听说的。或许是欢乐的圆圆的红太阳公公告诉她的。或许——但没有一点儿关系。无论如何，你愚弄不了大自然母亲的，试都不用试。

于是，大自然母亲亲自来到格林牧场，当她看到快乐的小微风们是如何播散黄金的时候，她高兴极了，马上向全世界宣布，从那时起，西婆妈妈的快乐的小微风们就永远掌管播散格林牧场上花朵的黄金，一直到现在都是这样。

从此以后，快乐的小微风们比以前更开心了，因为他们发现整天玩耍并不是那么快乐，为这个世界做些事情才是最快乐的。

每年当花朵已经把黄金准备好的时候，有些人根本就不知道是黄金，所以就叫花粉了，你很快就会发现西风妈妈的快乐的小微风们在格林牧场的花朵之间忙碌着。那是他们最快乐的时光。

第十四章　猫头鹰胡提为什么不在格林牧场上玩耍

西风妈妈的快乐的小微风们正在格林牧场上玩临睡前的捉人游戏。在等待西风妈妈带着大风袋把他们带回紫山后的家的这段时间里，他们玩得开心极了。欢乐的圆圆的红太阳公公早已经戴上了他的睡帽。黑影悄悄地从紫山降临到格林牧场。快乐的小微风们困极了，困得都快不能玩耍了，因为西风妈妈迟到了很久很久。

格林牧场的远处，甚至更远处都蒙上了黑影。突然其中一个黑影好像和其他黑影分开了。他轻轻地，哦，轻轻地，但很迅速地向快乐的小微风们飘去。其中一个快乐的小微风碰巧抬头看到他过来了。就是那个曾经一整晚都待在外面的快乐的小微风。他抬起头看到这个似是而非的黑影移动得如此迅速，他知道那根本就不是黑影。

“猫头鹰胡提来了！”快乐的小微风叫道。

然后所有的快乐的小微风都看着猫头鹰胡提，不再玩捉人的游戏了。他们很少有机会看到他，因为一般都是他们舒适地躺在紫山后的床上后，猫头鹰胡提才会出现在格林牧场。

“或许猫头鹰胡提会告诉我们，他为什么从不出来和我们一起玩耍。”其中一个快乐的小微风说。

当猫头鹰胡提在他们上面飘过的时候，西风妈妈来了，她非常匆忙，因为她迟到了，她也累极了。她这一天都忙死了，确实非常忙，忙着寻找一片走失的雨云。现在她赶紧打开风袋，迅速地把所有的快乐的小微风都装进去，快得没给他们和猫头鹰胡提说晚上好的机会。然后她就把他们带回紫山后的家了。

当然，快乐的小微风们都很失望，非常失望。但他们也非常困倦，因为这一天他们玩得太疯了。

“没事，”其中一个快乐的小微风昏昏欲睡地说，“明天我们去问问青蛙老爷爷，猫头鹰胡提为什么从来不来格林牧场上和我们玩，他会知道的。”

第二天早晨，西风妈妈从紫山后出来时又迟到了。当她终于把快乐的小微风们从风袋里放到格林牧场上的时候，欢乐的圆圆的红太阳公公已经高高悬挂在蓝天上了。快乐的小微风们一和西风妈妈说了再见，就赶紧开始疯跑，看谁能第一个到达微笑池塘。

在微笑池塘里，他们看到青蛙老爷爷像平时一样，正坐在睡莲大绿叶上。他对全世界都非常满意，这就是青蛙老爷爷，因为今天早晨的肥胖的笨绿头苍蝇比平常都要笨，他已经把它们都安全地放进自己的黄白马甲里了。“早上好，青蛙老爷爷，”快乐的小微风们叫道，“您能告诉我们猫头鹰胡提为什么从不来格林牧场和我们玩耍吗？”

“咳咳！”青蛙老爷爷粗暴地说，“我怎么知道？”

你知道的，青蛙老爷爷喜欢被恳求的感觉。

“哦，您就是知道，因为您年纪这么大，这么有智慧。”快乐的小微风们一起喊道。

青蛙老爷爷笑了，因为他喜欢别人觉得他很有智慧，同时也因为今天早晨他感觉很不错，确实不错啊！

“咳咳！”青蛙老爷爷说，“如果你们安静地坐好，我会告诉你们我知道的关于猫头鹰胡提的事，但记住，安静地坐好，要非常非常安静。”

快乐的小微风们叹了口气，因为对他们来说，除非睡觉的时候，世界上最困难的事情就是保持绝对的安静。但他们保证自己会的，当他们每个人都在一朵白色大睡莲花中心坐好的时候，青蛙老爷爷开始讲了：

“很久很久以前，猫头鹰胡提的祖先常常和其他鸟儿一起在白天飞行。他体形庞大，非常强壮，也非常凶猛，他就是猫头鹰先生。他就像现在的猫头鹰胡提一样，有着巨大的爪子，带弯钩的嘴，他天不怕地不怕。

“体形巨大、强壮凶猛，而且又天不怕地不怕的人，他们很容易不把一切放在眼里，变得很自私。猫头鹰先生就是这样。他无论看到什么都想拿走，不管是谁的，因为没人能制止他。

“就像我已经告诉你们的，猫头鹰先生体形巨大，非常强壮，也非常凶猛，还是一个非常贪吃的家伙。他抓了很多小鸟和小动物来满足他的食欲，但这样他还不收手。是的，各位，他还不收手。他常常残杀牧场上无辜的小动物，只是为了享受杀戮的乐趣，因为他做得到。每过一天他都变得更加野蛮。最终，只要他在附近的时候，比他体型小的动物都不敢在格林牧场上走动。小鸟儿也不敢歌唱。田鼠宝宝们再也不敢在格林牧场草丛间玩耍。那时候可真是格林牧场的悲惨日子，确实是非常悲惨的日子。”青蛙老爷爷叹息着说。

“最后大自然母亲来访问格林牧场，她很快就发现这里陷入了可怕的境地。没人来见她，因为你们知道的，没人敢出现，他们都害怕凶猛的老猫头鹰先生。

“我已经告诉过你们猫头鹰先生天不怕地不怕，这话不是很准确，因为他非常害怕大自然母亲。当看到大自然母亲来的时候，他正坐在一棵高高的枯树桩的顶部，猫头鹰先生立刻装得很温顺、很无辜。

“大自然母亲没浪费任何时间。‘格林牧场上所有的人都在哪儿，为什么他们都不来欢迎我？’大自然母亲质问猫头鹰先生。

“猫头鹰先生深深地鞠了一个躬，‘我不知道啊！我觉得他们一定都在小憩。’他说。

“你愚弄不了大自然母亲的，试都不用试。是的，各位，你愚弄不了大自然母亲。她只是看着猫头鹰先生，看到了散布在枯树桩下的羽毛和绒毛。猫头鹰先生先是一只脚站立，然后是另一只。他努力想正视大自然母亲的脸，但他做不到。你知道的，猫头鹰先生心中有愧，心中有愧的人从来不敢正视别人的脸。他真的希望大自然母亲能说点儿什么。但大自然母亲什么也没说，只是一直看着他，直直地看着他。她看得时间越长，猫头鹰先生就变得越不安，单脚站立的他就越快地来回换脚。最后，因为转换的速度很快，他看起来好像在老树桩顶部跳舞一样。

“渐渐地，先出来几个人，然后又出来几个人，牧场上的人们都从躲藏的地方爬了出来，围着枯萎的老树桩站成了一个大圈儿。有大自然母亲在，他们很确定自己不会受到伤害。当他们看见凶猛的单脚站立的猫头鹰先生在老树桩上不停地来回换脚这样滑稽好笑的场景时，开始笑了起来。这是格林牧场上很长一段时间以来的第一次放声大笑。

“猫头鹰先生当然看到他们嘲笑自己了，不过，除了大自然母亲锐利的眼睛直直地盯着他，他心里再也想不到别的事情了，他跳得比之前更快了。他跳得越快，看起来越滑稽，看起来越滑稽，牧场上的人就笑得越厉害。

“最后，大自然母亲慢慢地抬起手用食指指着猫头鹰先生。牧场上所有的人都不笑了，停下来听她要说什么。

“‘猫头鹰先生，’她开始说，‘你我都知道牧场上为什么没人出来向我问好。这将会是你的惩罚：从现在开始，你的眼睛会变得很脆弱，不能承受白天的日光，这样从今以后你只能在圆圆的红太阳公公回到紫山睡觉之后才能出来飞翔。所以，所有整天在牧场上玩耍的人就没理由再怕你了，因为你再也不能伤害他们了。’

“当大自然母亲说完这些话，牧场上所有的人都爆发出热烈的欢呼声，因为他们知道大自然母亲言而有信。然后他们就开始嬉闹，这种嬉闹已经好久没在格林牧场上出现了。

“而猫头鹰先生慢慢地飞走了，艰难地往林子深处最黑暗的地方飞去，因为日光刺得他的眼睛很疼，他几乎看不见了。他飞行的时候，成群的小鸟儿围绕在他身边，拔他的羽毛，折磨他，因为他看不见，伤害不了他们。”

青蛙老爷爷停顿了一下，蒙眬地看着微笑池塘。他突然张开大嘴巴，然后又啪的一声合上了。又一只笨绿头苍蝇消失在他的黄白马甲里。

“咳咳！”青蛙老爷爷说，“那是很悲惨的日子，对猫头鹰先生来说确实是悲惨的日子。他白天不能出去觅食，因为日光会使他失明。他在夜晚的视力也不是很好。所以他的食物很少，变得越来越瘦，越来越瘦，日渐消瘦成之前的影子。猫头鹰先生总是挨饿，总是挨饿。现在没人怕他了，因为躲避他成了世界上最简单的事情。

“最后，大自然母亲又一次来访问格林牧场和格林森林。在林子深处最黑暗的地方，她看到了猫头鹰先生。当她看到他那么瘦，那么悲惨，心里很是同情，因为大自然母亲爱她所有的孩子，甚至是他们当中最坏的人。猫头鹰先生身上的凶猛都消失了。他很柔弱，在大松树的最浓密处缩成一团。你们知道的，他能吃到的东西非常少。

“‘猫头鹰先生，’大自然母亲温柔地说，‘你现在体会到了悲惨，遭受了你曾经给别人带来的痛苦，我觉得对你的惩罚已经足够了。白天的时候你还是不能出现在格林牧场，因为格林牧场上的人们心里对你还是很恐惧，但从今以后你能轻易找到足够的食物。你的眼睛会变大，比所有的鸟儿都大，这样你就能在昏暗中，甚至在黑暗中看清事物。你的耳朵也会变得很大，比森林或牧场上所有人的都大，这样你就能听到最轻微的声音。你的羽毛会变得和绒毛一样轻柔，这样当你飞行的时候，就没人能听得到了。’

“从那天起，就是这样，猫头鹰先生的眼睛变得越来越大，他能在昏暗中看清事物，就和他以前在大白天里的视力一样好。他的耳朵变得越来越大，听力变得很敏锐，即使距离很远也能听到最轻微的沙沙声。他飞行起来无声无息，就像一个飘在空中的大影子。

“白天，牧场上的人们不再害怕他，可是，当黑影从紫山后溜出来，他们听到猫头鹰先生发出的‘嘎喔嘎喔嘎喔’的声音时，还是会感觉到很害怕。如果他们够聪明，就会静止不动，如果他们愚蠢地乱动，或者害怕得发抖，猫头鹰先生一定能听到，然后静静地扑向他们。

“于是，猫头鹰先生再次变得强壮凶猛。但只在夜晚，人们才会害怕他，而且只有愚蠢和胆小的人怕他。”

“现在你们知道了吧，”青蛙老爷爷总结道，“猫头鹰胡提为什么从不来格林牧场和你们玩耍，为什么他的眼睛和耳朵都那么大。”

“谢谢您，谢谢您，青蛙老爷爷！”快乐的小微风们叫道，他们从白色大睡莲花上跳起来伸展四肢。“我们一找到笨绿头苍蝇，就会带给您的。”

然后，他们就都匆忙地去找笨绿头苍蝇了。

第十五章 田鼠丹尼学会了笑

田鼠丹尼正坐在自家的门阶上生气。西风妈妈的快乐的小微风们一个又一个地跑过，用手指着他喊道：“哼，田鼠丹尼！最好还是进屋去吧！小宝宝哭鼻子，哦，哎呀！哦，哎呀！你是个小宝宝——进屋哭鼻子！”

不一会儿，兔子彼得沿着寂寞小路过来了。他看着田鼠丹尼，然后用手指着他说：“哭吧，丹尼，哭吧！你妈妈迟早会打你！我们就会来围观，你是多么大的小宝宝啊！哭吧，丹尼，哭吧！”

田鼠丹尼听到后就开始啜泣。当兔子彼得沿着寂寞小路向下跳着走了的时候，丹尼正独自轻声哭泣呢。很快，狐狸雷迪过来了。他看到田鼠丹尼自己坐在门阶上哭泣，就蹑手蹑脚地藏到高高的草丛后面，然后突然跳到田鼠丹尼前面。

“哇！”狐狸雷迪叫道。

田鼠丹尼吓了一跳。他吓得灵魂差点儿出窍，跑进屋子里大声哭了起来。

“哈哈哈！”狐狸雷迪笑着说，“丹尼，丹尼，爱哭鬼丹尼，噫，噫，噫，吓得跳起来就跑！”

然后，狐狸雷迪就一路追逐着自己的尾巴，沿着寂寞小路向下去格林牧场了。

不久，田鼠丹尼又出来坐在门阶上。他不再哭泣了，但看起来还是不高兴，很生气，很消沉。这时，花栗鼠沿着寂寞小路连蹦带跳地过来了。

“过来和我玩啊！”田鼠丹尼叫道。

花栗鼠继续连蹦带跳地沿着寂寞小路向下去。

“我不想。”花栗鼠挖苦地喊道，“爱哭鬼丹尼，永远都变不成一个男子汉！跑去找妈妈吧，亲爱的小丹尼，她会擦干你的泪珠！”

花栗鼠蹦蹦跳跳着消失不见了，田鼠丹尼又开始哭了，因为花栗鼠不和他玩。

是真的，千真万确！田鼠丹尼是一个爱哭鬼，没人想和他玩。如果碰到了脚趾，他会哭。如果条纹花栗鼠在赛跑中赢了他，他会哭。如果快乐的小微风们开玩笑地拉拉他的须须，他会哭。事情就发展到牧场上所有的人都喜欢取笑他，只是想让他哭。格林牧场别的地方都没有像田鼠丹尼这样的爱哭鬼。

于是，丹尼坐在门阶上哭，因为没人愿意和他玩，他很孤独。他越觉得自己孤独，就哭得越厉害。

不久，蟾蜍老先生过来了。蟾蜍老先生看起来脾气不好，心情也不佳，可那是因为你不了解蟾蜍老先生。当他来到田鼠丹尼的房子前时，他在丹尼面前停了下来。他把右手放在右耳朵后面仔细地听了听，然后他把左手放在左耳朵后面仔细地听了听，最后他把两只手放在屁股上开始哈哈大笑。

蟾蜍老先生的嘴确实很大，当他张开嘴笑的时候，嘴巴确实很宽。

“哈哈哈！哈哈哈！”蟾蜍老先生大笑道。

田鼠丹尼哭得比之前更厉害了，他哭得越厉害，蟾蜍老先生就笑得越厉害。慢慢地，田鼠丹尼不哭了，对蟾蜍老先生说：

“你在笑什么啊，蟾蜍老先生？”

蟾蜍老先生不笑了，回答说：“田鼠丹尼，我笑是因为你对着我哭啊！你哭什么啊？”

“我哭，”田鼠丹尼说，“因为你嘲笑我。”然后丹尼又开始哭，蟾蜍老先生就又开始笑。

“这都是怎么回事？”有人在他们背后问道。

这个人是臭鼬吉米。

“这是一个新游戏，”蟾蜍老先生说，“田鼠丹尼想看看他哭的时间是否比我笑的时间更长。”

然后蟾蜍老先生再一次张开大嘴，笑得比之前更厉害了。臭鼬吉米看了蟾蜍老先生一小会儿，他看起来滑稽极了，臭鼬吉米也开始笑。

善意的真诚的笑就像百日咳——它是会传染的。首先田鼠丹尼意识到自己不再流眼泪了。这是事实，田鼠丹尼没眼泪了。然后他发现自己根本就不哭了——他在笑。是的，各位，他确实在笑。他试着去哭，但是根本没用，他只能笑。

他越笑，蟾蜍老先生就笑得更厉害。蟾蜍老先生笑得越厉害，看起来就越滑稽。很快，田鼠丹尼、蟾蜍老先生和臭鼬吉米都捧腹大笑，他们三个在草地上滚来滚去，哈哈大笑。

过了一会儿，蟾蜍老先生不笑了。

“哎呀，哎呀，这样不行的！”蟾蜍老先生说，“我必须回去照顾我的菜园了。”

“小蛞蝓们，他们蠕动爬行，从春天到秋天不停地吃，他们不会笑不会哭，就算学也学不会。所以不好意思，我要赶紧回去把他们赶出我的菜园。”

蟾蜍老先生沿着寂寞小路跳着向下走了。跳了几下后，他停下来转过身。

“田鼠丹尼，”蟾蜍老先生说，“真诚的笑容就像阳光，它能照亮全世界。别忘了！”

臭鼬吉米记起自己是出来找甲壳虫的，于是他就笑着去山上的弯弯小路了。田鼠丹尼又变得孤单了，坐在自家的门阶上。他肚子都酸痛了，因为笑得太厉害了。整个世界莫名地有所改变了。青草看起来比他之前见到的更青了，阳光比之前更明亮了，鸟儿的歌声比之前更甜美了。总之，这是一个美好的世界，确实是一个适合居住的美好世界。莫名其妙地，田鼠丹尼觉得他好像从来没想过要再哭。

很快，快乐的小微风们追逐着蝴蝶又来了。当他们看到田鼠丹尼坐在门阶上时，他们用手指着他，就像之前那样喊道：“哼，田鼠丹尼！最好还是进屋去吧！小宝宝哭鼻子，哦，哎呀！哦，哎呀！你是个小宝宝——进屋哭鼻子！”

有那么一小会儿的时间田鼠丹尼想哭。可他记起了蟾蜍老先生的话，反而开始笑了。

快乐的小微风们不知道发生了什么事情。他们不再追逐蝴蝶，而是围绕着田鼠丹尼。他们开始戏弄他：拉扯他的须须，弄乱他的头发。他们越戏弄田鼠丹尼，他就笑得越厉害。

当他们发现田鼠丹尼是真的没哭的时候，他们就不再戏弄他，邀请他和他们一起在广阔的牧场上玩耍。多么愉快的嬉闹啊！当他们结束玩耍后，田鼠丹尼再次坐在自家的门阶上休息。

花栗鼠沿着寂寞小路蹦蹦跳跳地回来了。当他看到田鼠丹尼的时候，他挖苦地叫道："爱哭鬼丹尼，永远都变不成一个男子汉！跑去找妈妈吧，亲爱的小丹尼，她会擦干你的泪珠！"

田鼠丹尼不再哭泣，反而笑了。花栗鼠停下来，伸出了舌头。然后他也开始笑了。

"你想和我一起玩吗？"花栗鼠突然问道。

田鼠丹尼当然答应了，很快他们就开始玩令他最高兴的捉迷藏游戏。在游戏玩到一半的时候，田鼠丹尼的左脚被树根绊了一下，他的脚踝扭伤了。哎呀，真的很疼！尽管眼泪不由自主地在眼睛里冒出来，但丹尼把它们眨了回去，勇敢地笑了。

花栗鼠扶着他来到他家的门阶上，摘了一些可爱的酸豆。田鼠妈妈把酸豆紧紧地绑在丹尼受伤的脚上。丹尼很快就完全忘记伤脚的疼痛了。

当兔子彼得沿着寂寞小路向上跳来的时候，他一看到田鼠丹尼，就开始对着他大叫："哭吧，丹尼，哭吧！

你妈妈迟早会打你！我们就会来围观，你是多么大的小宝宝啊！哭吧，丹尼，哭吧！”

可丹尼没哭。天哪，是的！他反而笑了。兔子彼得很惊讶，停下来看看田鼠丹尼是怎么回事。当兔子彼得看到丹尼绑着绷带的脚，听说了他是怎么扭伤脚踝的时候，兔子彼得在田鼠丹尼旁边的门阶上坐下，向他表达了自己的歉意，因为逍遥自在的兔子彼得心地非常善良。然后，他就告诉丹尼他在旅途中遇见的奇妙的事情，还有自己曾遭受的所有窘境。最后，当兔子彼得离开这里回家的时候，田鼠丹尼还坐在自己的门阶上，但他不再感到孤独。他看着西风妈妈正努力地把快乐的小微风们装进自己的大风袋，要带回紫山后面的家，当他看到西风妈妈努力抓住最后一个顽皮的快乐的小微风，然后把他脚朝上头朝下地扔进风袋的时候，哈哈大笑起来。

“蟾蜍老先生是对的，完全对的。”当田鼠丹尼在自家门阶上来回摇摆的时候，他想，“笑比哭好多了，真的好多了。”

从那天起，田鼠丹尼学会了笑，没人再有机会指着他说他是爱哭鬼了。相反的，每个人都喜欢上了快乐的小田鼠丹尼，现在他们都叫他“爱笑的丹尼”。

敬请期待

格林牧场与格林森林历险记故事系列（全 20 册）

狐狸雷迪历险记	土拨鼠约翰尼历险记
兔子彼得历险记	负鼠比利叔叔历险记
飞腿鹿历险记	麝鼠杰里历险记
田鼠丹尼历险记	青蛙老爷爷历险记
红松鼠查特尔历险记	松鸦塞米历险记
大熊巴斯特历险记	蟾蜍老先生历险记
莫克先生历险记	小刺猬历险记
河狸帕迪历险记	母鸭夸克历险记
浣熊博比历险记	臭鼬吉米历险记
山齿鹑怀特历险记	秃鹫老米斯塔赫历险记

微笑池塘故事系列（全 4 册）

水貂比利	小水獭乔历险记
麝鼠杰里在家	长腿苍鹭历险记

格林森林故事系列（全4册）

鹿莱特富特

乌鸦布雷奇

森林鼠怀特富特

大熊巴斯特的双胞胎

格林牧场故事系列（全5册）

快乐的松鼠杰克

兔子彼得夫人

猎犬鲍泽

狐狸奶奶

亲爱的蔷薇丛

许愿石故事系列（全3册）

汤米和许愿石

汤米实现愿望

汤米变心记

童子军故事系列（全4册）

丛林营地的童子军

斯威夫特河上的童子军

迷失小路上的童子军

捕兽营地的童子军

睡前童话故事系列（全5册）

圣诞驯鹿

儿童海岸

最美最美的动物童话

最美最美的鸟儿童话

会讲故事的房子